花嫁は秘密のナニー

CROSS NOVELS

真船るのあ
NOVEL:Runoa Mafune

緒田涼歌
ILLUST:Ryoka Oda

CROSS NOVELS

CONTENTS

CROSS NOVELS

CONTENTS

花嫁は秘密のナニー

Nanny

真船るのあ

Runoa Mafune

Illust

緒田涼歌

Ryoka Oda

CROSS NOVELS

「いらっしゃいませ！　今日は、いいかぼちゃが入ってますよ。今だけのお買い得品です。さぁ、いかがですか？」

秋晴れの、珍しく澄み渡った空の下、威勢のいい声が響き渡る。

今日は、島で恒例の青空市場の日だ。

大勢の住民で賑《にぎ》わっている会場でも、ひときわ目立っているのは二十歳《はたち》くらいのエプロン姿の青年だ。

身長は、百七十センチに届くか届かないかくらいで、痩《や》せ型の華奢《きゃしゃ》な体軀《たいく》。

細面《ほそおもて》の清楚《せいそ》な顔立ちもすっきりと整っていて、遠目から見れば女性と見紛《みまご》うほどだが、そのたおやかなルックスとは裏腹に弾けそうなくらい元気がいい。

「あ、三上《みかみ》のおばちゃん、毎度！　膝《ひざ》痛いんだろ？　あとで配達するよ」

「そうかい？　いつも悪いね」

「大丈夫、源《げん》ちゃんが回ってくれるから」

と彼、神崎碧《かんざきあお》は背後に停まっている軽トラックを指差す。

「おうよ、任せとけ！」

ちょうど売り場の白菜の補充に来ていた源が、力こぶをつくってみせる。

今年三十歳になる源はこのスーパーの跡取り息子で、現在店長である父親について目下修業中なのだ。

高齢者が多い島の住民のために、この店では買った商品を無料配達するサービスをしているのだが、これが好評で皆に感謝されていた。

三時までの市が無事終わり、次は店内の後片付けが始まる。

一心不乱に荷物を運んでいると、配達を終えて戻った源が声をかけてきた。

「碧、そろそろ宙《そら》をお迎えの時間じゃねぇのか？」

「あ、いけない！」

腕時計で時間を確認し、碧は青くなる。

「しょうがねぇな、保育園まで送ってやるよ」

度々帰りに送ってくれる源は、慣れた所作でさっさと碧の自転車を軽トラックの荷台に積み込んだ。

「ありがと、源さん！」

売り場を離れ、畳んだエプロンをトートバッグの中に放り込むと、碧はトラックに駆け寄る。

すると源の母がいくつかの総菜が入った容器を持ってきてくれた。

「碧ちゃん、お総菜持っていきなよ。今日は、煎《い》りおからと肉じゃがコロッケがおいしくできたからね。宙ちゃんに食べさせてあげて」

「ありがとうございます、いつもすみません」

店では、近所のパートの女性達が作っている手作りお総菜が人気なのだが、夕方になると売れ残るのを見越して、こうしていつも分けてくれるのだ。

皆、碧がこの若さでたった一人、懸命に子育てをしているのを知っているので、陰になり日向《ひなた》になり、さりげなく助けてくれる。

皆の優しさが本当にありがたいと、碧は常日頃から感謝していた。

そこでふと、明日は保育園のお弁当の日だったことを思い出す。

――あ、そういえば卵切れてたっけ。明日のお弁当の材料も買わないと！

今にもトラックを発進させようとしている源に、碧は両手を合わせてみせる。

「ごめん、源さん。卵買ってきていい？」

「しょうがねぇなぁ、早くしろよ」

「うん！」

お許しをもらい、財布を手に走ってスーパーの店内へと戻っていく。

「卵焼きは外せないんだよね、宙が大好きだから」

独り言を呟《つぶや》きながら携帯電話の待ち受け画面を開き、そこに笑顔で映っている可愛《かわい》い甥《おい》っ子の姿を見つめ、碧もつられて笑顔になる。

今年四歳になった宙は、まさに可愛い盛《さか》りだ。

身内の贔屓目《ひいきめ》ではなく、そこいらの子役などよりよほど美形だと、叔父馬鹿の碧は真剣に思っている。

急いで卵や明日の弁当の材料を買い、会計をすませてトラックへ飛び乗る。

「お疲れさまです！　また明日」

同僚達に別れを告げ、碧は源のトラックでスーパーをあとにした。


抜けるような冬空に、真っ白な雲がゆっくりと流れていく。

走るトラックの窓から見えるのは、延々と続くのどかな田園風景だ。

「この島は、本当にいいとこだよね。俺、大好き」

助手席でシートベルトをつけた碧は、歌うようにそう呟く。

ここは、山陰地方にある小さな離島だ。

大きな病院や学校は本土までフェリーで行かなければならないので、多少不便ではあるが、その分手つかずの自然の恵みがある。

さして裕福でなくてもかまわないし、足るものだけで質素に、けれど穏やかに暮らせるここでの暮らしを、碧は気に入っていた。

都会に憧《あこが》れて、島を出ていく若者は多いけれど、碧は一生この島で骨を埋めたいと思っていた。

そんな碧をちらりと横目に見て、源は複雑そうな表情だ。

「まだ二十一だってのに、たった一人で子育てなんておまえも大変だなぁ。お姉さんが亡くなって、そろそろ一年か？」

「うん。最初は大変だったけど、やっと慣れてきたかも。それもこれも、皆がよくしてくれるからだよ。源さんにも感謝してます！」

「おう、どんどん感謝しろ」

「ちょっと褒めると、これだもんなぁ」

そんな話をしているうちに、トラックは見慣れた保育園の前に停車し、碧は源に礼を言って荷台から自転車を下ろした。

そのまま配達に向かうトラックを見送ってから、自転車を押して保育園の敷地に入る。

すると。

「碧ちゃん！」

すっかり聞き慣れた、愛らしい声に名を呼ばれた。

「宙！」

大きな、くりくりとした丸い瞳に愛らしい笑顔。

可愛い甥っ子・神崎宙の顔を見ると嬉《うれ》しくてたまらなくなって、碧は大きく両手を広げる。

すると宙の方も、弾けるほどの元気を詰め込んだような小さな身体でぴょんとジャンプし、全身でその腕の中に飛び込んできた。

「おかえり、碧ちゃん」

「ただいま！　今日も楽しかった？」

「うん！　今日はみんなでおゆうぎしたんだ～」

宙を抱っこしながら、保育園の先生達にお別れの挨拶《あいさつ》をし、その間にも宙から矢継ぎ早に今日一日の出来事を聞かされる。

保育園の正門前で、いつものように自転車の後部座席にヘルメットをつけさせた宙を乗せていると、碧はふと強い視線を感じて顔を上げた。

見ると、道路脇にタクシーが一台停まっていて、後部座席の男性と目が合う。

年の頃は、三十歳前後というところだろうか。

この辺りではついぞ見かけたことのない、高級そうな三つ揃《ぞろ》いのスーツ姿の男性だ。

俳優ばりの男らしく精悍《せいかん》な美貌《びぼう》に、碧は一瞬どきりとする。

が、碧と目が合うと、男性はつと視線を外す。

そして彼の指示なのか、タクシーはそのまま発進し、走り去っていった。

――なんだろう？　今の人、確かにこっち見てた気がしたんだけどな。

首を傾《かし》げていると、宙に「どうしたの？」と訝《いぶか》しげに問われる。

「ううん、なんでもないよ。さぁ、帰ろうか」

「うん！」

気を取り直し、碧は元気よくペダルを漕《こ》ぎ出した。

帰り道では、二人でよく歌を歌う。

保育園で習った曲はすべて宙が教えてくれるので、碧もすっかり暗記してしまうのだ。

島は顔見知りの人間が多いので、走っている最中にも何人かと挨拶を交わし、二人は保育園から自転車で十五分ほどの距離にある我が家へ帰宅した。

築五十年以上経《た》っている、島独特の平屋建てはそろそろあちこちガタがきていて手を入れなければならないが、悲しいかな先立つものがなくてそのままだ。

それでも、ここは碧の両親が苦労して建てた思い出の家なので、自分で修繕しながら大切に住まわせてもらおうと思う。

「ただいまぁ」

誰もいない家にそう挨拶しながら玄関で靴を脱ぎ、帰ってまず最初にするのは、居間にある仏壇の前に座ることだ。

「宙、なむなむするよ。おいで」

「は～い」

宙も心得たもので、ちょこんと碧の隣に正座し、小さな手を合わせる。

線香に火を灯《とも》し、碧は両親と祖父母、そして姉・瑞穂《みずほ》の遺影が飾られた仏壇に手を合わせた。

「ただいま、祖父《じい》ちゃん、祖母《ばあ》ちゃん、父さん、母さん、姉さん。今日も無事帰ってきたよ」

今はもういない、大切な家族達にそう挨拶する。

朝出かける時と、こうして無事一日が終わり、帰宅した時、碧は必ず仏壇に向かうのを習慣にしていた。

写真の中で微笑《ほほえ》む家族は、もうなにも語りかけてはくれないので、碧の方から今日一日あった出来事を話して聞かせる。

生前、よく仏壇で拝んでいた祖母の姿を見て育ったせいか、宙も『なむなむ』を率先してやるので今日習ったお歌を披露している。

その間に、碧は急いで買ってきた食材を冷蔵庫にしまう。

今朝は少し寝坊してしまったせいで、朝の食器はつけ置きしたままだ。

帰宅するなり、碧は散らかった部屋を片付け、風呂掃除と家事に追われる。

「碧ちゃん、おなかすいた！」

「はいはい、すぐ作るからちょっと待ってね」

息つく暇もなく、今度は夕食作りだ。

幸い、手作り総菜を持たせてもらっていたので、手早く米を炊いて味噌《みそ》汁を作り、宙の大好物の刻んだ野菜がたくさん入ったオムレツを焼いた。

「わ～オムレツだ！　いただきまぁす」

「はい、いただきます」

ダイニングテーブルに並んで座り、きちんと手を合わせて挨拶する。

もうかなり上手にフォークを使えるが、宙の食べこぼしを拾って口に入れ、碧は手伝う合間に自分もさっと食事をすませた。

「碧ちゃんのオムレツ、今日もおいしいね」

「ほんと？」

口の周りをケチャップでベタベタにしながら、宙がにっこりするだけで、一日の疲れも吹き飛んでしまう。

この一年は、本当に瞬く間に過ぎていったような気がする。

おいしそうにオムレツを頬張《ほおば》る甥を優しい眼差《まなざ》しで見守りながら、碧は感慨深い思いに囚《とら》われた。

――早いな、姉さんが亡くなって……もう一年か。

自分と違い、常に活動的で都会に憧れていた姉・瑞穂は、島の高校を卒業すると東京《とうきよう》の大学に進学し、もう二度と島へは戻らないと常々宣言していた。

反面、島でののんびりとした暮らしが性に合っていると思っていた碧は、高校を卒業すると島の工場に就職し、地道に働き始めた。

二人は親の縁に薄く、両親は早くに病で相次いで亡くなり、母方の祖母が母親代わりのようなものだった。

この家も、祖母が遺してくれたものだ。

碧が島での就職を決めたのは、祖母を一人にしてはおけないと思ったのも理由の一つだ。

姉がいなくなって寂しかったが、碧は祖母と二人、慎《つつ》ましく穏やかな暮らしを送っていた。

ところが、碧が就職して一年ほど経ったある日、姉は突然島に戻ってきた。

驚いたことに、小さな男の子を連れて。

それが、当時二歳になったばかりの宙だった。

姉は未婚のままだったので、当然ながら祖母は子どもの父親は誰なのかと尋ねたが、姉は決して相手の名前は言わなかった。

仕事も辞め、これからは島で暮らすと言い出した姉を、祖母は結局受け入れ、祖母と碧、姉親子の四人の生活が始まった。

姉も島での仕事を探し、パートながら働き始めた。

こうして突然現れた甥っ子だったが、碧はたちまち宙の愛らしさに夢中になった。

家に子どもが一人いるだけで、こんなにも賑やかになるのかと驚くほどだった。

祖母も初孫にメロメロで、四人での新生活はとても楽しいものだった。

だが、そんなささやかな幸せは長くは続かなかった。

一年ほど前、台風が上陸し、ひどい嵐のような天気の日だった。

親類の法事に出かけていた祖母を、姉が車で迎えに行ったのだが、その帰り道、スリップ事故を起こし、大型トラックと正面衝突。

相手の運転手も、祖母、姉も即死の大事故だった。

突然家族を二人同時に失い、遺された碧はしばらくは現実が受け止められなかった。

『ママとばあちゃんはどこ？　いつかえってくるの？』

そして、二人の死をまだ理解できない宙に、そう問われるのがなによりつらかった。

その度に、碧がつらそうな顔になるのがわかったのだろう。

そのうち、宙はぴたりと二人の話をしなくなった。

幼心に、二人はどこか遠くに行ってしまい、簡単には会えなくなってしまったということは薄々理解できているようだった。

当然、まだ幼い宙には保護者が必要で、碧はまだやっと二十歳になったばかりだ。

その若さの上、たった一人で三歳の子を抱えての子育ては無理だろうと、地域の民生委員からも宙を本土にある施設に預けてはどうかという話はあったが、碧は頑としてそれを拒否した。

宙と離れて暮らすことなど到底考えられなかったし、姉の遺した忘れ形見はなんとしてでも自分が大切に育てたいと碧は思い詰めていた。

碧が言い張ったので、結局宙の保護者は碧になり、二人は祖母の家で暮らし続けた。

宙の保育園の送り迎えがあるので、勤めていた三交代制の工場の仕事は続けることができず、碧はやむなく退職届を出し、時間の都合をつけやすいアルバイトの仕事を探した。

幸い家賃もかからないし、微々たるものだが祖母達が加入していた保険金が下りたので、当面の生活はなんとかなるはずだった。

あとのことは、あとで考えよう。

とりあえず今は宙のそばにいて、宙を大切に育てることがなにより最優先だと思った。

かくして一年。

碧の奮闘で、二人の生活はなんとか順調に続いている。

こうして日々、宙の成長を目《ま》のあたりにするのがなによりの楽しみだ。

もはや碧にとって、宙は唯一の心の支えであり、生きる意義を与えてくれる大切な存在となっていた。


「碧ちゃん、だれかきた〜」

キッチンで食器を洗っていると、確かに玄関のインターフォンが鳴っていたので、宙は慌てて水道を止め、布巾《ふきん》で手を拭《ぬぐ》った。

「は〜い！　ちょっと待って」

こんな時間の来客は珍しいので誰だろう、と不思議に思いながら、廊下を走って玄関の鍵を開ける。

がらりと引き戸を開けて、碧は動きを止めた。

玄関前に立っていたのは、保育園の帰りに見かけた、あの男性だったのだ。

「……あなたは……」

「さきほどは失礼した。神崎瑞穂さんの弟の、碧くんで間違いないだろうか？」

耳に心地よいテノールが碧の耳に届き、思わず反射的に頷《うなず》いてしまう。

「あの……どちらさまですか？」

まるきり身に覚えのない訪問だったのでそう問うと、男性はスーツの懐《ふところ》から名刺入れを取り出した。

おそるおそるそれを受け取ると、名刺には『矢ノ上《やのがみ》物産株式会社　取締役専務　矢ノ上崇佑《そうすけ》』と書かれていた。

「矢ノ上物産って……あの大企業の……？」

矢ノ上物産といえば、都会から遠く離れた離島暮らしの碧でさえその名を知っている、日本《にほん》有数の大企業だ。

確か旧財閥系の企業で、文房具から製鉄、建築業まで幅広く子会社を抱える巨大グループである。

苗字《みょうじ》からして、目の前の男性はその一族の人間なのだろうが、そんな雲の上の人物がなぜ自分の家を訪問しているのか、碧にはさっぱり理解できなかった。

そんな疑問の視線を受け、男性は一拍置いて言った。

「私は矢ノ上崇佑。宙くんの叔父ということになる」

「え……⁉」

予想もしていなかった、突然の展開に、碧は思わず絶句するしかなかった。


「ということは……あの、あなたのお兄様が宙の父親、ということになるんでしょうか？」

とりあえず居間に上がってもらい、碧はお茶を出しながらおずおずと質問する。

「その通りだ」

あっさり肯定され、碧はますます困惑した。

なにからなにまで初耳なのだが、この男性の言葉を信用してしまっていいのだろうか？

「とりあえず、瑞穂さんとお祖母様に線香をあげさせてほしいのだが、いいだろうか？」

「は、はい」

居間に置かれた先祖代々の仏壇前に正座し、線香をあげるその広い背中を見つめながら、まず亡くなった家族に弔意を示してくれた彼に碧は好感を持った。

「ありがとうございます」

仏壇に供え物までしてもらい、恐縮して礼を言う。

「あの……姉は今まで一度も、宙の父親の話はしてくれなかったんです。疑うわけじゃないんですけど、本当にあなたのお兄様が……?」

思い切ってそう切り出すと、崇佑もその反応は当然だという素振りで頷いた。

「私の兄、真之《まさゆき》は当時系列会社を任されていたのだが、きみのお姉さんはその会社の社員で、兄とはそこで知り合ったそうだ」

崇佑の説明によると、二人が出会い、交際が始まったのは今から約六年前のことらしい。

「当時、兄には親が決めた縁談があり、話が進んでいたのだが、兄は突然好きな女性がいると言い出し、当然ながら両親とは大揉《おおも》めに揉めた。失礼だが、当時両親が人を使って調べさせた資料が残っている」

差し出されたファイルを受け取り、ページをめくってみると、中にはがっしりとした三十代前半の男性と仲睦《なかむつ》まじげに歩いている姉の写真があった。

「結論から言えば、両親はきみのお姉さんに兄と別れてくれと迫り、どういった経緯があったか私にはわからないが、お姉さんは黙って兄の元を去った。おそらく、その頃にはお腹に宙くんが宿っていたのだと思う」

――姉さんにそんなことが……。

初めて聞かされる事実に、碧はただ驚くしかない。

かたくなに宙の父親の素性を明かさなかったので、もしかしたら相手は妻帯者なのではないかと思ったこともあったが、まさかこんなセレブ一族の男性だったなんて。

「瑞穂さんを失った兄はひどく荒れ、両親との仲もさらに険悪になった。そして半年ほど前に突然姿を消してしまって、今も行方不明だ」

「それは……大変ですね」

なんと言っていいかわからず、碧はそう答える。

気の毒だとは思うが、それが宙になんの関係があるのか、と思っていると、ようやく崇佑が本題を切り出した。

「単刀直入に言おう。我が家では代々矢ノ上家嫡男が跡を継ぐことになっている。兄が自ら実家と決別する意志を示し、所在不明の今、直系の血を継ぐのは宙くんだけということになる。ついては宙くんを本宅に引き取り、こちらで後継者として養育させてもらいたい」

「え……!?」

あまりに唐突な展開に、碧は一瞬彼がなにを言っているのかしばらく理解できなかった。

――宙が……矢ノ上家の後継者?

「そ、そんなこと……突然言われても……困ります」

やっとの思いで、そう言い返すが。

「兄は宙くんを認知している。法律上、こちらが引き取るのになんの問題もないはずだ。失礼だが、現状も調べさせてもらった。成人したばかりのきみと二人で暮らすより、可能な限りの良質な教育と育成環境が整っている我が家に引き取られた方が、宙くんにとってもしあわせではないだろうか？」

「……っ！」

崇佑の言葉はいちいち正論で、碧は言い返すことができなかった。

自分の収入が安定しないせいで、質素な生活になってしまっていることを、常々宙に対して申し訳ないと思っているので、心がぐらりと揺らぐ。

自分の我儘《わがまま》で宙を島に留めておくよりも、この人の言う通り、矢ノ上家に引き取られた方が宙の将来にとってはいいのではないか。

本心から宙のしあわせを願うなら、あの子を手放すべきなのではないか。

そんな碧の動揺を察したのか、崇佑が畳み込むように告げる。

「本当は、私が直接瑞穂さんの親族と接触することは弁護士には止められたのだが、せめてご挨拶させていただくのが筋だと思ったから、こうして会いに来た。どうか、宙くんにとって最善の選択をしてほしい」

「矢ノ上さん……」

と、その時、それまで奥の部屋にいた宙が、突然の来訪者が気になるのか廊下から中を覗《のぞ》いているのに気づき、碧はさらに動揺した。

「そ、宙……」

「このおじさん、だれ？」

物怖《ものお》じしない宙は、たたっと駆け寄り、興味津々《しんしん》で崇佑を眺めている。

すると崇佑が宙に話しかけた。

「はじめまして、宙くん。私は矢ノ上崇佑という。きみのパパの弟で叔父さんだよ」

「おじさん……？」

今まで父親の存在も知らずに育った宙にとっては、いきなり叔父と言われても、ますますピンとこなかったのだろう。

説明を求めるような視線を向けられても、動揺しきっている碧には、なにも答えることができなかった。

「ぼくのパパはいないって、ママが言ってた。ほんとはいるの？」

「ああ、いる。だけど今はちょっとお仕事で遠くに行っていて、しばらく会えないんだ。パパが戻るまでの間、叔父さんはきみと一緒に暮らしたいと思っている。私と一緒に東京に来て、パパを待ってくれないだろうか？」

「や、矢ノ上さん、その話はまだ……」

いきなりそんな話をされて、宙が混乱したらどうしよう、と不安になった碧は慌てて止めに入ったが、予想に反して宙の反応は薄かった。

「……パパ、いたんだ」

ぽつりとそう呟く。

そして宙は、まず碧を見て、それから崇佑を見て言った。

「碧ちゃんがいっしょなら、行ってもいいよ」

と、あっさり同意してしまうので、碧はますます慌てる。

「そ、宙……」

「残念だが、東京の家で暮らすのは、きみだけなんだ」

崇佑の発言に、碧はさらに愕然《がくぜん》とさせられた。

「ま、待ってください……！　こんな小さな子をたった一人で連れていく気ですか⁉　そんな勝手に話を進められても……」

「申し訳ないが、両親は瑞穂さんのことをよく思っていない。瑞穂さんの親族の同行は認めないのが、宙くんを引き取る条件なんだ」

彼の両親からしてみれば、大事な跡取りを惑わせ、子どもまでつくった姉を許せない気持ちが強いのだろう。

だが、いきなり宙を取り上げると言われても、到底納得することはできなかった。

「本宅に引き取ったあとは、優秀な養育係と家庭教師もつける。なに不自由のない暮らしを約束しよう。なにも心配することはな……」

「い、いやです……！　宙は渡しません……っ」

さらに具体的な話をされ、碧は思わず感情的に叫び、咄嗟《とっさ》に宙をこちらに引き寄せる。

突然のことに混乱し、反射的にぽろりと涙が零《こぼ》れてしまった。

すると、それを見た宙がキッと崇佑を睨《にら》みつける。

「碧ちゃんをなかせるな！　かえれ！」

「宙……」

宙の非難の眼差しを受け、崇佑の表情に後悔の色が浮かんだ。

「……すまなかった、少し事を急ぎすぎたようだ。今日のところはこれで失礼する」

潔くそう謝罪し、崇佑は立ち上がりながら名刺の裏にペンで携帯電話の番号を走り書きし、それをテーブルの上に置いた。

「仕事の都合で、明日の夜には島を発《た》たなければならない。それ以降は弁護士が対応することになる。できれば明日までに決断してもらえるとありがたい」

今夜は島にあるホテルに泊まっているからと言い残し、崇佑は帰っていった。

「碧ちゃん、ぼく、ひとりで東京につれてかれちゃうの？」

不安げに宙に問われ、碧は思わずその小さな身体を抱きしめた。

「大丈夫……大丈夫だから……碧ちゃんが、なんとかするから」

まるで自分に言い聞かせるように、何度もそう呟きながら。

その晩はいろいろ考え込んでしまい、不安からなかなか寝つけなかった碧だが、それでも朝が来れば慌ただしい日常が待ち構えている。

「碧ちゃん、うさちゃんのくつした、どこ？」

「え、うさちゃんの？　どこだったかな。見つかんないから、クマさんのでいいだろ？」

「やだぁ、うさちゃんのがいい！」

「あ～わかったから、ちょっと待って」

小さな子どもがいると、毎朝が戦争だ。

宙にねだられ、衣装簞笥《だんす》を漁《あさ》り、ようやくお気に入りの靴下を見つけると急いで宙に履かせる。

昨晩眠れなかったせいで少し寝坊してしまい、慌てて宙の身支度をする合間に、冷ましておいたおかずを小さな弁当箱に詰めた。

なんとか朝食を食べさせ、保育園の上着と帽子をかぶせたら出かける準備は完了だ。

「碧ちゃん、ちょうとっきゅう！」

「あいよ、任せとけ！」

宙の号令を合図に、碧は自転車をかっ飛ばす。

いつものように宙を保育園へ送り届けた碧は、職場に事情を説明して午後を半休にしてもらった。

昨晩、インターネットであれこれ検索してみたのだが、法律関係のことはよくわからなかったので、弁護士事務所に相談に行こうと考えたのだ。

「唐突に現れて、いきなり宙ちゃんを攫《さら》っていこうなんざ、ふてぇ野郎だ。そんな奴追い返しちまえ！」

その話を聞いた源は、まるで自分のことのように憤っている。

「でも認知されてたってことは、親権は母親が亡くなった今は父親にあるんじゃないかなぁ。やっぱり弁護士に相談した方がいい。なにかいい知恵を貸してくれるかもしれないし」

「……そうですね」

いつも世話になっている店主や源に話を聞いてもらえただけで、少し気分が軽くなる。

電話で予約を入れてから、碧はその足で弁護士事務所へ向かった。

だが、結果は碧の望むようなものではなかった。

親権のあった母親が亡くなった今、碧が宙の後見人となっているが、行方不明とはいえ父親の存在が明らかになり、ここまで話を進めているのだから父親側の親族が親権者変更の審判を申し立ててくるのは間違いないだろうとのことだった。

家庭環境や経済力からいっても、後見人になるのもやっとだった二十歳そこそこの碧には、到底太刀打ちできる相手ではない。

　話が裁判にまでもつれ込んでしまえばかなりの費用がかかるだろうし、宙の父親の親族を相手にとてもそこまではできなかった。

　それでも、なんとかならないかと矢も盾もたまらず町の図書館へ向かい、片っ端から法律関係の本を読み漁ったが、欲しい答えは見つからなかった。

　落胆し、重い足を引きずるように帰宅し、碧は悶々《もんもん》と考え込んだ。

　いっそこのまま、宙を連れてどこかへ逃げてしまおうか。

　そんな自暴自棄な考えさえ、脳裏に浮かんでしまう。

　――いや、駄目だ。そんなこと。

　姉の実家も捜し出して会いに来ているのだ。

　矢ノ上家の財力をもってすれば、どこへ逃げても簡単に捜し出されてしまうかもしれない。

　思いあまった碧は、図書館を出たところで携帯電話を取り出した。

　名刺に書き込まれていた携帯番号にかけると、連絡を待っていたのか崇佑はすぐに出た。

『はい』

「碧です。あの……宙の上京の件なんですけど」

　碧は思い切って、なんとか同行させてもらえないかと再度懇願した。

『気持ちはわかるが……両親はすでに宙くんのナニーと家庭教師の選定に入っている。いずれも一流どころの人材をつけるつもりだ』

「ナニー……?」

碧にとって初めて聞く単語だったが、それはすなわち住み込みで子どもの面倒を見る、育児や教育の専門知識を持った女性のことで、イギリスにはその専門の養成校もあるらしい。

アメリカではベビーシッター、イギリスなどではナニーと呼ばれているようだ。

「その人が、ずっと宙のそばにいることになるんですか?」

『そういうことになる』

暗澹《あんたん》たる気分で電話を切ると、碧はふらふらと自転車を引いて歩き出す。

もう、駄目だ。

準備は万全調えられて宙は迎えられ、自分が出る幕などどこにもない。

諦《あきら》めるしか、ないのか。

「あら、碧ちゃんじゃない。今日はバイトじゃないの?」

その時、背後からかけられた声に、碧は緩慢な動作で振り返る。

そこに立っていたのは、買い物帰りなのかスーパーの大きなビニール袋を下げた女性だった。

ぴったりと身体のラインが出るブルーのニットワンピースを着た『彼女』は、駅前にあるショーパブで働くレイラだ。

本人曰《いわ》く『まだ工事前』の二十代後半のれっきとした男性だが、実に見事な女装のテクニックとメイクのせいで、どこからどう見ても女性にしか見えない。

レイラは碧の自宅と同じ町内にあるマンションに暮らしていて、日頃からよく顔を合わせている。

「レイラさん……」

「どうしたの、死にそうな顔してるわよ？　具合悪いの？　うちで休んでく？」

言われてふと気づけば、彼女の働く店の目の前まで来ていた。

万策尽き果て、どこへ行くあてもなかった碧はこくりと頷き、開店前の店に入れてもらう。

まだ開店までは時間があるので、ほかの従業員の姿はなく、狭い店内は真っ暗だった。

ここは、島にある数少ないニューハーフが集《つど》う店だ。

もっとも、ゲイの人々が相手を探す場所というより、ニューハーフ達がショーを見せるのがメインのショークラブと表現した方がより的確だろう。

開店準備をママから仰《おお》せつかっているというレイラは碧をカウンターに座らせ、ジュースを出してくれた。

「いつも明るい碧ちゃんがそんな顔してるなんて、よっぽどのことがあったのね。私でよかったら聞くわよ。話すだけでも楽になるから。ね？」

「……レイラさん」

優しい言葉をかけてもらい、追い詰められていた碧は堪《たま》らず昨晩からの経緯を打ち明けていた。

突然宙の父親の親族が現れ、宙を連れ去ろうとしていること。

自分にはどうにもできないことなどを説明するうちに、また空《むな》しさと自分への憤りが込み上げてくる。

もっと自分に力があったら、宙を守ってやれたのに。

ぎゅっと唇を嚙《か》む碧に、カウンターでグラスを並べながらレイラがため息をつく。

「そんなことがあったのね……まぁ、先方にしてみれば、いいとこのお嬢さんとの結婚が決まりかけてた大事な跡取りを惑わせた憎い女ってことになっちゃうから、瑞穂さんの親族の同行は認めないって言うかもね」

「……だよね」

やはりそうか、と碧はますます落ち込んでしまうが、レイラははたと両手を叩《たた》いて言った。

「なら、碧ちゃんが別人になっちゃえばいいんじゃない？　正確に言えば、別人の女の人に」

「……え？」

彼女がなにを言っているのか理解できず、碧はぽかんと口を開けてしまう。

「レイラさん、なに言ってるの……？」

「だって、宙くんのためにナニーを雇うんでしょ？　だったらお姉さんの身内じゃなく別人のふりして、そのナニーとして採用されればいいわけじゃない」

「で、でも、ナニーって女性なんだよ……？」

碧が念を押すと、レイラはやけにきっぱり頷いた。

「大丈夫！　前々から碧ちゃんは女装がイケると思ってたのよ。工場の仕事辞めたあと、うちにスカウトしようかと本気で考えてたくらい。ま、宙くんがいるから夜の仕事は無理だってわかってたから諦めたけどね」

「俺が……ナニーに……」

あまりに突拍子もない話で、実行に移すなんてまともではないのかもしれない。

だが、それはまさに崖《がけ》っぷちまで追い詰められた碧にとって、暗闇に差し込んできた一筋の光に思えた。

むろん、今までの人生で女装したことなど一度もないし、女性として生活する自信なんて欠片《かけら》もない。

だが、今は迷ったり尻込みしたりしている時間はない。

崇佑が帰ってしまって、今後弁護士を通してやりとりするようになったら、もうとりつくしまはないような気がした。

チャンスは、今しかない。

宙のそばにいるためなら、やれることはなんでもする。

「……ほんとに、俺にできるのかな？」

自分がレイラのように美しく変身できるとは到底思えなかったが、それが最後に残された一縷《いちる》の望みであることは確かだった。

どうせ駄目で元々。

宙以外に失って怖いものはなにもないのだから、と碧は覚悟を決める。

「どうしたらいいのか、教えてくれる？　レイラさん」

「大丈夫！　大船に乗ったつもりでこのレイラさんに任せなさい！」

と、レイラは男らしく胸を叩いて太鼓判を押してくれた。


午後、八時。

あらかじめ電話で訪れる時間を告げていた通り、崇佑は時間ぴったりに碧の家のインターフォンを鳴らした。

「はい」

何度も鏡で確認した末、碧はごくりと唾《つば》を飲み、玄関へと走る。

中から鍵を開け、彼を出迎えると、挨拶しかけた崇佑はなぜかぎょっとした様子でその場に立ち尽くした。

「き、きみは……」

「どうぞ、お上がりください」

それを遮り、碧は彼を居間へと案内する。

そして、座布団を勧め、彼の前にきちんと正座した。

覚悟を決め、落ち着き払っている碧とは対照的に、崇佑は視線をどこへ向けていいのかわからない様子で困惑気味だ。

「その格好は……どうしたんだ？」

そして、ついにそう尋ねてくる。

その時の碧の出《い》で立ちは、白のブラウスに淡いパステルカラーのフレアスカート。

少し長めに伸ばしていた髪も綺麗《きれい》に巻き、薄化粧を施したその面差しは、どこからどう見てもしとやかな女性にしか見えなかった。

付け焼き刃ではあるが、これが最後の手段とレイラに女装のノウハウを教えてもらい、それを完全に頭に叩き込んだ碧は、家へとって返すと処分できずそのままになっていた姉の遺品を押し入れから引っ張り出したのだ。

――姉さん、勝手に使ってごめん。

これも宙のためなのだからと心の中で姉に謝りながら、彼女の持ち物の中でなるべく肌の露出が少なく、品がよさそうに見える服を選び出す。

姉弟なので、碧は瑞穂と顔立ちが似ているところがある。

そのため、親族とバレないように少し印象が違うように見えるメイク法もレイラが教えてくれたので、忠実にそれを再現した。

こうなったら、実力行使でなんとしても崇佑に宙のナニーとして雇ってもらう。

これは碧が、最後に打って出た一世一代の大博打《おおばくち》だった。

身近に姉や祖母がいたので、女性の立ちふるまいは見慣れている。

極力それを思い出しながら、碧は正座したまま、美しい所作で三つ指をついて深々と頭を下げた。

「お願いします、どうか私を別人として、宙のナニーに雇ってください……！」

「ほ、本気で言っているのか？」

まさか、碧がそんなとんでもない暴挙に出るとは思わなかったのだろう。

崇佑は絶句している。

すると、そんな二人の様子を廊下から見守っていた宙が、たたっと碧に駆け寄った。

宙には、この格好に関しては前もって説明してある。

宙と一緒に東京に行くためには、こうして女性になりきるしかないのだということを、わかりやすく話したのだが、理解してもらえないかと思いきや、予想に反して宙はあっさり頷いた。

そして「碧ちゃんといっしょにいられるなら、なんでもいい」と言ってくれたのだ。

室内を気まずい沈黙が支配し、碧は固唾《かたず》を呑《の》んで彼の返事を待った。

「頼むから……あまり無理を言わないでくれ」

ようやく苦しげにそう言って、崇佑がつと視線を逸《そ》らす。

その表情で、彼も幼い子を唯一の身内から引き離すことに、ひどく罪悪感を覚えているのだとわかった。

「……どうしても、駄目ですか？」

「……」

必死の碧の問いに、崇佑は答えない。

すると傍らでそれを見ていた宙が、まるで碧をその小さな背中で庇《かば》うように立ちはだかり、叫んだ。

「かえれ！　かえれよぉ！　おじさんがくると碧ちゃんがかなしい顔するからやだ！」

「宙……」

「やだ……碧ちゃんとはなれるの……いやだよぉ……っ」

ずっと堪《こら》えていたのだろう、ついに宙が大声を上げて泣き出してしまう。

昨日から一度も、涙を見せず我慢していたのかと思うと、碧も胸が締めつけられる。

「宙……宙……っ」

泣かないで、とその小さな身体を抱きしめながら、碧もまた泣いていた。

この子のために、なにもしてやれない我が身が情けなかった。

二人が抱き合ったまま、声を上げて泣き出したので、崇佑はいよいよ進退窮まった様子で天を仰いでいる。

「……女性用の服や化粧品はどうしたんだ？」

「姉が遺したものがあるので、それを使いました」

鼻を啜《すす》りながら、碧はその質問に答え、知人のニューハーフに急遽《きゆうきよ》メイクの仕方や女性服のコーディネートなどを教えてもらった旨を説明した。

そうまでして碧が宙のそばにいたいというのが伝わったのだろう、崇佑がため息をつく。

「目元が真っ黒になっているぞ。ひどい顔だ」

そう指摘され、慌ててコンパクトを取り出して見ると、なるほど、涙でマスカラがにじんで、ひどい有様だった。

姉の化粧品をよくわからずに使ったのだが、どうやら水性のマスカラだったようだ。

「す、すみません、これからはウォータープルーフにします」

レイラに教わったばかりの単語を使うと、崇佑はもう一度ため息をついた。

「本音を言えば、私は宙くんからきみを引き離すのは酷だと反対だったのだが、義母が聞かなくてな。彼女を説得できなかった私にも、責任の一端はある」

そう言って、しばらく眉間《みけん》に皺《しわ》を寄せてなにごとかを考え込んだ崇佑は、自らに言い聞かせるがごとく、宣言した。

「……わかった、こうなったら覚悟を決めて、できる限りの協力はしよう」

「ほ、本当ですか⁉」

ようやく崇佑が折れてくれたので、碧は跳び上がらんばかりに興奮した。

パンダ目になった甲斐《かい》があったようだ。

「泣く子と地頭《じとう》には勝てぬというが、本当だな……しかしきみは本当に、一日二十四時間女性として生活できる自信はあるのか？」

「じ、自信はないけど、やります……！　宙のそばにいられるなら、なんだってします」

思わずぐっと握り拳《こぶし》をつくって、力説する。

女装するなんて、今までの人生で一度も考えたことがなく、女装歴わずか数時間だが、それで宙の近くにいられるなら、選択の余地はなかった。

「俺、精一杯頑張ります、ありがとうございます……！」

崇佑の気が変わらないうちにと、急いで礼を言う。

「礼を言うのはまだ早い。義母が既にナニーを探しているが、私が別ルートで見つけてきたことにしてきみをねじ込むが、私にできるのはそこまでだ。なにか問題を起こしたり、宙の教育係としてふさわしくないと判断されてしまえば、義母がすぐクビにするだろう。すべてはきみの頑張りにかかっている」

「は、はい、わかってます」

玉砕覚悟でアタックしてみたものの、まさか本当に許可してもらえると思っていなかった碧は、勢い込んで崇佑に詰め寄る。

「それより、今の約束、本当ですよね？　あとでやっぱり無理とか言ったら、俺、暴れますからね？」

明らかに厄介事を背負《しょ》い込んでしまったと言いたげな崇佑だったが、碧がぐっと迫ってそう念押しすると「……わかったから、顔を洗ってきたまえ」と呟いた。

◇　◇　◇

それから、一ヶ月。

数日分の着替えや身の回りのものを詰め込んだ鞄《かばん》を片手に、碧は東京駅へ降り立った。

碧にとっては、初めて踏む東京の地だ。

大都会が物珍しく、ついきょろきょろしてしまう。

見るものすべてが気になるが、まずはとにかく着替えが必要だ。

男性用のトイレを見つけると、碧は個室の中で超特急で着替えとメイクをすませる。

日々練習を積み重ねた成果か、かなり早く女装できるようになった。

そう、矢ノ上家のナニーとして働くために、碧はついに単身上京したのだ。

宙は弁護士に連れられ、一足早く東京へ行っていて、碧はあとからそれを追う形となった。

見事変身を住ませ、トイレ内から人気《ひとけ》がなくなるのを待って、そそくさと外へ出る。

それから、崇佑に教えられた住所を頼りに電車を乗り換え、なんとか最寄り駅へ辿《たど》り着いた。

どこへ行っても、とにかく人が多い。

――皆、どうしてこんなに歩くの速いんだろ？

まだ周囲の人々の歩く速さに馴染《なじ》めず、邪魔になりそうで碧は道の隅に寄った。

なにより女性物のヒールに慣れていなくて、あまり速く歩けないのだ。

見るからに高級住宅街が密集しているその土地に、碧の緊張はますます高まった。

買い物をするためにフェリーで一番近い本土の街に行くのがせいぜいだった碧にとって、いかにも富裕層の人々が行き交うこの地は、まさに未知の世界だった。

都会はあまりにも広く、さっそく道に迷った碧は派出所を見つけて駆け込み、丁寧に地図を書いてもらってなんとか目的地へ辿り着いた。

――はぁ、やっと着いた……それにしても東京は寒いなぁ。

姉のマフラーに顎《あご》を埋めるようにしていた碧は、おもむろに目の前の屋敷を見上げ、思わず足を止める。

端が見えないほど延々と続く塀に囲まれたその屋敷は、かなりの敷地面積で、まだ真新しい白亜の御殿だった。

個人の邸宅というよりは、一見して美術館のような趣だ。

「うわ……すごいお屋敷だぁ」

この辺りの地価から考えると、どう考えても数億の大豪邸だろう。

想像を上回る豪華さに、碧は思わずため息をつく。

ナニーやら家庭教師やらをつけるという時点で、相当な資産家なのだろうという予想はついたが、いざ現実として目の当たりにしてみると碧の想像を遥かに超えていた。


崇佑が、突然自分達の元を訪れてから。

今日までは、準備することやすませておくことが多すぎて、それこそ飛ぶように日々が過ぎていったような気がする。

崇佑が帰ったあと、初老の弁護士が訪れ、宙の転居や住民票の移動などに関して必要な手続きはすべて彼がやってくれた。

スーパーでのバイトも辞めざるを得ず、宙と一緒に東京に行くことを話すと、源達は我がことのように祝福して送り出してくれたのがなによりありがたかった。

碧も転居届を出すべきかどうか迷ったが、結局自宅も住民票もとりあえずはそのままにしておくことにした。

仮に宙のナニーとしてなんとか働けるようになったとしても、そう何年もそんな偽りの生活を続けることは不可能だろうし、いずれ周囲に男だとバレてしまうかもしれない。

とりあえず、宙が東京での生活に慣れ、新しい環境に馴染めるようになるまでの間だけでいいから、そばにいてやりたい。

それが碧のなによりの願いだったから、いつかは一人で島に戻ってくる日が来るのだろうなと思ったからだ。

とはいえ、その時を想像するだけで涙が出てしまいそうだったので、碧は無理やりその想像を頭から振り払った。

――とにかく、新しい仕事を頑張らなくちゃ！

自身に気合を入れ、碧は屋敷の通用門のインターフォンを押した。

インターフォン越しに名乗ってしばらく待つと、通用口が開いて若い女性が中へ通してくれた。

驚いたことに、黒の長袖《ながそで》ロングドレスに白いカチューシャをつけている、本格的なクラシカルメイドスタイルだ。

二十代半ばというところだろうか、垢《あか》抜けた容姿でなかなかの美人である。

メイドがいる屋敷など初めて訪れた碧は、さらに緊張しながら彼女のあとに続き、敷地内を案内されながら立派な車停めのある屋敷へと足を踏み入れた。

モダンな外観に反し、内装はさながら鹿鳴館《ろくめいかん》を彷彿《ほうふつ》とさせるアンティーク調の家具やインテリアで統一されていて、その重厚な雰囲気に思わず圧倒されてしまう。

屋敷は三階建てで、かなりの部屋数がありそうだった。

それから碧は使用人の休憩所だという個室へ案内され、新品の服を手渡された。

「こちらが制服です」

着替えるよう言われ、制服があるのかと碧は内心驚く。

とにかく言われるままに着替えてみたが、それはまさに映画などで女性家庭教師が着ているようなクラシカルなデザインだった。

上質な黒のビロード生地で、白いブラウスの襟は首まで詰まっている。

あまり身体のラインが出ない程度に絞られたウェストのジャケットに、膝下十センチあるロングのフレアスカートのスーツ仕様になっていた。

びっくりしたものの、制服があると私服のコーディネートに頭を悩ませずにすむと前向きに捉えることにする。

こうして身支度を整えると、碧は屋敷の応接間へと通された。

イタリア製のオーダーメード家具に囲まれた部屋では、六十代くらいの和服姿の女性が待ち構えている。

彼女が崇佑の義母・美砂枝《みさえ》らしい。

痩せ型で、若い頃は美人だったであろう面影があるが、顔立ちはかなりきつめだ。

彼女がまとう、ピリピリとした雰囲気に圧倒され、碧は思わず萎縮《いしゅく》してしまう。

「あなたが西条葵《さいじょうあおい》さんですね」

「は、はい。よろしくお願いいたします」

丁重に挨拶し、緊張してしゃちほこばる碧を前に、美砂枝は履歴書をめくる。

「S女子大保育学部卒……幼稚園教諭の資格をお持ちと伺いましたが、まだ実務経験がないとか」

「は、はい」

崇佑がナニーに採用されそうな経歴を考えてくれたのだが、もちろん提出した資料の内容も名前もデタラメだ。

偽名を『葵』にしたのは、宙が人前でうっかり『碧ちゃん』と呼んでしまってもバレないようにとの崇佑の配慮だった。

——嘘をついてごめんなさい。

正直者で嘘をつくことに慣れていない碧は、心の中で詫《わ》びつつ頷く。

「現場経験がないというのが気になりますね。私がふさわしい方を選定していたのですが、息子がどうしてもとあなたを推薦してきたので採用になったのですよ。それを忘れず、孫の養育に励んでください」

「は、はい、採用してくださって感謝しています。できる限り努力する所存です」

立ち上がり、改めて深々と頭を下げると、美砂枝は内線電話をかける。

するとややあって、さきほど碧を案内してくれたメイドに連れられ、宙がリビングへとやってきた。

島ではTシャツに半ズボン姿で野山を駆け回っていた宙だが、今は上質そうな白いシャツに黒のハーフパンツをまとい、いかにも良家の令息といった出で立ちだ。

――宙……！

宙は碧を見て表情を輝かせたが、何度も打ち合わせした通り、必死に飛びつくのを我慢しているようだ。

碧の方も早く宙を抱きしめたくてそわそわしてしまうが、なんとかそれを堪え、あくまで初対面を装った。

「いらっしゃい、宙」

「はい、おばあさま」

行儀よくそう答え、宙は言われた通りに美砂枝の元へ歩み寄る。

「これからあなたの面倒を見てくれることになった、葵さんです。彼女の言うことをよく聞いて、いい子でいてちょうだい」

そう紹介され、碧は逸《はや》る気持ちを抑えながら宙の目線に腰を落として声をかける。

「こんにちは、宙くん。これから宙くんのお世話をさせていただく葵と申します。よろしくね」

「は、はじめまして」

幼いながらも宙もそう話を合わせてくれて、二人は美砂枝の前で無事『初対面』を果たしてみせた。

「今夜は私主催のチャリティーパーティーがあるのよ。帰りは遅くなりますから」

わからないことは、メイドの里奈《りな》に聞くようにと言われる。

宙を部屋から連れてきた、若い女性だ。

「わかりました、いってらっしゃいませ」

事前に崇佑から聞かされていた通り、美砂枝はボランティアや習い事、それに付き合いなどで家を空けることが多いようだ。

——はぁ……バレなくてよかった。

どうやら瑞穂の弟だということも、本当は男だということも最初の面接では隠しおおせたようでほっとする。

緊張で普段より声が高くなっていたのも、幸いしたのかもしれない。

メイドの里奈と共に外出する美砂枝を玄関まで見送ると、里奈はいったん宙を部屋で待たせ、碧を連れて歩き出す。

「私は小室《こむろ》里奈。よろしくね」

「こちらこそ、よろしくお願いします」

面倒見のいい性格なのか、里奈は年下の碧にも優しくいろいろと教えてくれた。

少しでも早く新しい環境に慣れようと、まずは屋敷内の間取りを把握するため、各部屋を案内してもらい、その広さに改めて驚かされる。

まるで美術館並みの豪華さで、とても個人の邸宅とは思えない。

里奈の説明によれば、食事の支度や洗濯、掃除などの家事は里奈達メイドと厨房《ちゆうぼう》スタッフの仕事なので、碧は宙の世話だけに専念すればいいらしい。

崇佑の言っていた通り、宙には身の回りの世話を担当する、屋敷に住み込みのナニーと、勉強や英語を教える家庭教師の二人がつけられることになっているようだ。

家庭教師の方は通いなので、後日挨拶させてもらうことにする。

「でも急な話で驚いたわ。突然真之様のお子さんを引き取るなんてね。真之様の行方もまだわかっていないのに」

噂《うわさ》話が好きなのか、里奈は案内しながら矢ノ上家の内情について、あれこれ話して聞かせてくれる。

ほんの三十分ほどの時間だったにもかかわらず、碧はこの家の現当主、すなわち崇佑の父・隆《たか》司《し》に愛人がいて、夫婦仲は常に険悪で隆司は用事がない限り屋敷に戻ってこないことや、かつて隆司の前愛人と美砂枝の間に、昼ドラも真っ青の修羅場が繰り広げられたことなどを聞かされる羽目になった。

「最初の愛人に子どもができた時は、もう大変だったらしいわよ。奥様もお気が強い方だから、相手の女の髪を摑んで引きずり倒したって話。もっとも、愛人がその後すぐ若くして病気で亡くなってしまったんで、旦那《だんな》様が彼女との間にできた子をお屋敷に引き取ったんだけどね」

「え、それってもしかして……？」

「そう、次男の崇佑様よ。奥様はご自分が産んだ真之様をこの家の後継者にしたかったんだけど、真之様が出奔してしまったでしょ？　だから真之様の認知した子を捜し出して、次期後継者に育成しようとしてるのよ。なにがなんでも、憎い愛人の子である崇佑様には跡を継がせたくないって女の執念を感じるわよね」

あ、今聞いた話はもちろん守秘義務があるから、外部には口外禁止よ、と里奈が釘《くぎ》を刺してくる。

どうやら彼女の基準では、屋敷で働く使用人の間で噂話をするのはオッケーという認識のようだ。

――そうだったのか……。

どうりで、違和感があると思った。

いくら次期当主の認知した子とはいえ、当人が行方不明でその意思確認すらできていないというのに、その子を無理やり引き取るなんて。

しかもその手配を、崇佑自身にやらせているところに、美砂枝の深い心の闇を垣間《かいま》見たような気がして、碧は思わず背筋がぞくりとした。

一通りの案内が終わると、里奈は碧を二階にある宙の部屋へ連れていってくれた。

「あなたの部屋は、宙様のお部屋の隣ね。前は予備のゲストルームだったんだけど」

里奈がドアを開けて中を見せてくれるが、そこは里奈の言葉通り、ヨーロッパのプチホテルを思わせるようなこぢんまりとした部屋だった。

シンプルな机に鏡台、クローゼットそれにベッドがあるだけだが、居心地はよさそうだ。

シャワールーム完備なので、なにかと隠したい身の上の碧にとっては非常に助かる。

部屋には、あらかじめ碧が送っておいた着替えや荷物が入った段ボール箱が、すでに届いて置かれていた。

「それじゃ、宙様のお相手お願いね。お夕食の時間が来たら、内線電話で呼ぶから」

「わかりました」

里奈が行ってしまうと、碧はもう一分一秒でも待つのが我慢できず、隣の宙の部屋へ飛んでいった。

それでも万が一、誰かいると困るので、しとやかにノックしてからドアを開ける。

「失礼します」

おそらく、今まではメインゲストルームだったのだろうが、壁紙は男の子の部屋らしくミントグリーンと白のストライプ柄に貼《は》り替えられている。

高価そうな木製の学習机に、お揃いのメーカーらしき小ぶりのベッドが置かれているが、ほかに子どもらしいものはなく、なんとなく殺風景な印象を受けた。

しばらく子どもに縁がない家庭だったので、なにを用意していいかわからなかったのかもしれない。

部屋の中で電車のおもちゃで遊んでいた宙は、碧が入ってくるのに気づくと即座に立ち上がり、駆け寄ってきた。

「碧ちゃん、会いたかった！」

「宙！　俺もだよ」

勢いよく抱きついてくる、その小さな身体を受け止め、碧も喜びで胸がいっぱいだ。

数日ぶりの再会に、思う存分宙を抱きしめ、ぐりぐりと頬擦りする。

「一人で大丈夫だった？」

「知らない人ばっかで、さみしかった。おばあさまと、かわいいおねえちゃんと、あとごはん作ってくれるおじちゃんと会ったけど、みんなあんまりお話ししてくれないし、ぼく、碧ちゃんにすごく会いたかったけど、やくそくだからちゃんとがまんしたんだよ？」

「そっか、宙は偉いな。宇宙一いい子だ！」

叔父馬鹿だと、笑うなかれ。

碧は本気でそう思っているので、ぎゅうぎゅうと宙を抱きしめる。

「でも、前に話した通り、俺とは他人のふりしないとだからね？」

「うん、わかってる。そうしないと碧ちゃんといっしょにいられないんでしょ？」

ぼく、がんばるねとけなげに言われ、碧はこんな小さな子に嘘をつかせることに罪悪感で胸が締めつけられる思いだった。

「ごめんね、宙」

「どうして碧ちゃんがごめんなさいするの？　碧ちゃんはなんにも悪くないよ。碧ちゃんといたいのはぼくだもん」

だからぜんぜん平気だよ、と天使の笑顔で言われ、碧は思わず目頭が熱くなった。

それから、しばらく離れていたせいでひどく甘えたがる宙の相手をしているとあっという間に時間が経ってしまい、ふと気づくと内線電話が鳴る。

出ると里奈からで、崇佑が帰宅したので夕食だとの連絡だった。

――崇佑さんに、お礼を言わなきゃ。

こうして無事宙と再会できて、これから一緒にいられるのも皆彼のお陰だ。

宙と手を繋《つな》ぎ、二階から階段を下りていくと、ちょうど玄関から入ってきた崇佑と鉢合わせになる。

初めて会った時と同じく、仕立てのよい三つ揃いのスーツ姿の崇佑は、ジェラルミン製のアタッシエケースと書店の紙袋を提げていた。

「お帰りなさいませ」

出迎えに来た里奈が荷物を受け取ろうとするが、彼は自分で運ぶからとそれを断る。

崇佑の視線を受け、そうだ、『初対面』の挨拶をせねばと碧はぺこりと一礼した。

「あの……お帰りなさいませ。本日よりお務めさせていただきます、葵と申します。よろしくお願いいたします」

「あ、ああ。こちらこそ、よろしく頼む」

あまり嘘をつくのがうまくないのか、生真面目《きまじめ》なのか、崇佑は少々目が泳いでる。

「お食事の支度が調っておりますので」

「ああ、ありがとう」

崇佑はいったん着替えるため二階の自室へ向かい、ややあってスーツから私服姿になって戻ってきた。

それから里奈の案内で、三人はダイニングルームへと向かう。

そこには既に三人分の夕食が用意されていた。

屋敷に専属シェフがいるというだけあって、前菜から始まるコース仕立てになっていて、和食とフレンチを融合させたような料理だ。

宙の料理も、大人用のものと同じ食材を使い、かつ幼児用にアレンジされていて食べやすそうだった。

個人宅でこんなレストランレベルの料理を食べられるなんて、と碧は驚かされる。

ナイフとフォークを使う食事は少し緊張したが、これでも美砂枝がいないだけ、だいぶ気が楽だった。

自分の立場は使用人なので、どうなるかと気を揉んでいたが、夫妻は不在のことが多いので、宙との食事は碧が一緒に摂《と》って面倒を見ることになった。

崇佑がいない時、宙を一人で食事させるのは忍びなかったので、それは本当にありがたかった。

宙は幼児用のフォークを使っておいしそうにハンバーグを頬張っているので、ナプキンで時折口元を拭ってやる。

その様子を見て、給仕していた里奈が声をかけてくる。

「あら、今日はたくさん食べられたのね。昨日までは少し食欲なくて、残してたんですよ」

「そうなんですか……」

一人きりで見知らぬ土地へ放り出された宙の心もとなさを想像するだけで、胸が痛む。

そして、これからは決して離れないと心に誓った。

崇佑も、初めは小さな子どもがいる環境に慣れていないせいか言葉少なだったが、それでも気を遣っているのか宙に話しかけてくる。

「これから新しい幼稚園に行くんだな。きっと友達がたくさんできるぞ」

「うん！」

島でも保育園が大好きだった宙は、こちらでも幼稚園に通うのを楽しみにしているようだ。

美砂枝が途中編入するよう手配したのは、都内でも名門の私立幼稚園だ。

なんと幼稚園受験があると言われている難関のところらしいのだが、矢ノ上家は代々そこの幼稚園出身の人間が多いらしく、多額の寄付を納めているお陰でどうやら無理が利いたらしい。

屋敷からもかなり距離があるので、行き帰りの送迎は碧が車ですることになっている。

ざっとネットで調べてみたのだが、名門と言われるだけあって、通っているのは資産家、医師、芸能人、会社経営者などのセレブ層の子ども達ばかりらしい。

そんな環境にいきなり置かれて、宙は大丈夫だろうかと不安は尽きなかったが、今の碧には為《な》す術《すべ》がないのでただ見守ることしかできなかった。

こうして初めての食事が終わると、崇佑が帰宅した時持参していた書店の紙袋を宙に差し出す。

「何冊か図鑑を買ってきたんだ。宙くん、私の部屋で動物の図鑑を見ないか？　葵さんも、一緒に来てくれ」

「は、はい」

言われるままに、碧は宙の手を引き、一階のダイニングをあとにすると、そのまま二階にある崇佑の部屋へと足を踏み入れる。

崇佑の部屋は、男性らしいシンプルなモノトーンの色調でまとめられ、整然と片付いていた。

壁一面が本棚になっていて、なにやら難しそうな皮表紙の洋書がずらりと並んで壮観な眺めだ。

寛《くつろ》ぐ私室というよりは、書斎といった雰囲気の部屋だった。

奥には、家具でうまい具合に区切られた寝室があるようだ。

「わぁ……すごい本の数ですね」

「読みたかったら、なんでも好きなものを持っていってくれ。この辺りは百科事典や図鑑があるから、これなら宙くんも読めるだろう」

と、崇佑が本棚の下部を指差す。

するとなにを思ったのか宙がたたたっと彼のそばに駆け寄り、言った。

「宙でいいよ」

「……そうか。それじゃ、これからは宙と呼ばせてもらおう」

いかにも生真面目な彼らしく、膝を折って宙と視線を合わせると、崇佑が真顔でそう宣言する。

「そしたら、ぼくも崇ちゃんってよんでもいい？」

すると宙がとんでもないことを言い出したので、碧は慌てた。

「こ、こら、駄目だよ。崇佑さんは叔父さんなんだから、そんな呼び方しちゃ……」

「べつにかまわない。崇ちゃんでいいぞ」

器が大きいのか、まったく意に介する様子がない崇佑に頭を撫《な》でられ、宙はくすぐったそうに笑う。

「崇ちゃん、ご本ありがと！」

ちゃんとお礼を言い、宙は買ってきてもらった図鑑を開いている。

初対面では『碧を泣かせる悪い人』だった崇佑だが、碧が一緒にいられるようにしてくれたことを教えると、宙の中ではすっかり『碧を助けてくれるいい人』に評価が変わったらしい。

そんな無邪気な姿を眺めながら、崇佑が碧に向かって言う。

「私は大体会社そばにあるマンションに寝泊まりしていて、こちらにはほとんど戻らない」

「そうなんですか……」

自分達の事情を知っている崇佑がいてくれると心強いと思っていたので、それを聞いて碧は少しがっかりした。

落胆する碧に、悪いと思ったのか崇佑が取りなすように付け加える。

「……だが、これからはなるべく顔を出すようにする。私がいる時は、こうしてきみ達が気兼ねなく過ごせる時間をつくるように努力しよう」

思いがけない崇佑の言葉に、碧はぱぁっと表情を輝かせる。

「本当ですか？　ありがとうございます……！」

「……たまにガス抜きをしないと、早々にボロが出てしまうかもしれんからな」

ぼそりとそう呟き、崇佑は「自分は仕事をするので、二人で好きに遊んでかまわない」と言い置き、デスクにあるパソコンに向かう。

「でも……邪魔じゃないですか？」

「問題ない。会社でも周囲に他人は多いし、それなりに騒がしいからな」

崇佑があっさり言うので、その好意に甘えることにして、碧は彼の仕事の邪魔にならないように宙と一緒に図鑑を読み始めた。

なるほど、崇佑の部屋にいれば里奈も気軽に入ってこられないし、人目を気にする必要もなくなってずいぶんと気が楽だ。

宙も買ってもらった図鑑が気に入ったのか、飽きることなく熱心に眺めている。

途中、里奈に内線電話で連絡してコーヒーを淹《い》れてもらう。

廊下でそれを受け取り、碧は彼のデスクへ運んだ。

「どうぞ」

「ああ、ありがとう」

なにかのデータを作成している崇佑は、時折かかってくる電話に英語で応対している。

どうやら早く帰宅するために、仕事を持ち帰っていたようだ。

――いい人だな、崇佑さんって。

彼の優しさにつけ込み、無理難題を突きつけてしまって申し訳なかったと少し反省する。

とにかく彼のお陰で、こうして宙とまた一緒に暮らせるようになったのだから、この生活が一日でも長く続くよう頑張ろう、と碧はあらたな決意を固めた。

「ね、今日は碧ちゃんといっしょにねた〜い」

しばらく気兼ねなく遊ばせてもらい、礼を言って崇佑の部屋を出ると、宙が甘えて碧の足にじゃれながら言う。

幼児といえども、きちんと一人で寝られなければならないというのが美砂枝の主張で、前もって添い寝は禁じられている。

美砂枝の教育方針に従うのがなによりの契約条件なので、あまり甘やかしてはいけないと思いつつ、数日一人で心細い思いに耐えた宙に駄目とはとても言えなかった。

「しょうがないな、今日だけだよ？」

「やった～！」

添い寝がバレたら大変なので、碧は自分の部屋に寝かせた宙を抱きしめて眠り、朝方隣の部屋まで抱えてこっそり運び込んで事なきを得たのだった。


そして、翌朝は初の幼稚園送迎ということで、碧は気合を入れて身支度を整えた。

姉の服の中で、なるべく清楚に見える白のブラウスにカーディガン、それにパステルピンクのフレアスカートを合わせる。

島の保育園では、ママ達は皆カジュアルなTシャツにジーンズなどでお迎えに来ていたので、これくらいきちんとしていれば大丈夫だろうと考え、朝食を終えた宙を連れて玄関へ急ぐ。

――あっと、車のキーをもらわなきゃ。

矢ノ上家の駐車場には常時五、六台の車が停まっていて、そのどれもが高級外車だ。

その中で一台だけ使用人が買い出しなどに使っている小型の国産車があるので、碧は当然それで出かけるつもりだった。

島と同じ感覚でいたので、幼稚園の送迎が車になるとは思わなかったが、高校を卒業してすぐ運転免許を取っておいてよかったとしみじみ思う。

「あの、すみません。出かけますので、車のキーを貸していただけますか？」

ちょうどリビングにいた美砂枝にそう声をかけると、彼女は無言で碧の服装を上から下まで無遠慮に観察した。

「……その格好で送迎に行くつもりなのですか？」

「はい。どこかおかしいですか？」

「……まぁ、今日はもう時間がないのでそれでいいですが、明日からはもう少しきちんとした格好にしてください」

「わ、わかりました、すみません」

これでもまだ駄目なのか、と驚きながら謝ると、美砂枝が車のキーをテーブルに置く。

それは美砂枝が外出する時によく乗っている中でも、一番高価な車のものだった。

「え……でもこんな高級外車、もし傷つけたりしたら……ふだん里奈さんが乗ってる車でいいんですけど」

あまり運転技術に自信のない碧は青くなるが、美砂枝は眉《まゆ》を吊《つ》り上げる。

「なにを言っているんです。あんな普通の車なんかで送迎させたら、我が家の沽券《こけん》に関わるでしょう。さっさとなさい」

「は、はい」

美砂枝に叱《しか》られ、やむなくその高級外車の後部座席にチャイルドシートをセットする。

——わかんないな。なにが沽券に関わるんだ？

さっぱりわけがわからないまま、時間が迫っていたので、おっかなびっくり高級外車を運転して幼稚園へと急ぐ。

が、その理由は幼稚園の正門前でわかった。

碧と同じように、車で園児を送迎してくる母親が多いのだが、そのどれもがいかにも高級そうな外車ばかりだったのだ。

「マジかよ……」

ここに集まった車だけで、いったい総額いくらになるのだろうと度肝を抜かれてしまう。

「おはようございます」

「おはようございます、桃《もも》ちゃんママ」

「ご機嫌よう」

徒歩で集まった母親達が、優雅に挨拶を交わしているが、彼女らのファッションも、また壮観だ。たとえるなら入園式や卒園式にそのまま参列できるような、きちんとした上下スーツの人も珍しくない。

小脇に抱えているのもママバッグなどではなく、何十万もするであろうブランドのバッグだ。

髪も綺麗にセットし、さながらマダム雑誌のグラビアのような母親ばかりで、美砂枝に叱られた理由がよくわかった碧は青くなった。

「それで、俺はナニーだからママ達の集まりには参加しないでですんでるんですけど、よく皆で子どもを送ったあとに、そのままホテルのカフェでお茶会とかするらしいんです。こないだ一回だけ付き合いで顔を出したんですけど、コーヒー一杯で千五百円もするんですよ！　そんなことしょっちゅうできるなんて、もう俺びっくりしちゃって」

コーヒーの入ったマグカップを両手に握りしめ、碧は崇佑に勢いよく語る。

それだけあれば、一日分の食費を楽に賄《まかな》える生活をしてきた碧にとって、こちらで見るセレブ層の人々の生活ぶりにはまさに驚きの連続だった。

数日後、再び仕事帰りに屋敷に戻った崇佑に部屋へ呼んでもらい、宙と一緒に訪れた碧だったが、日常のあれこれを報告しているうちについエキサイトしてしまう。

こちらでは、本性を出して話ができる相手が崇佑しかいないというのも大きいのかもしれない。

宙は碧の膝で熱心に図鑑を読み耽《ふけ》っていて、碧の話に崇佑が苦笑する。

「そういえばあの幼稚園は、私が子どもの頃からそんな感じだったな。セレブ層の親がほとんどだから、見栄《みえ》の張り合い合戦なんだろう」

「俺、一生懸命姉の服から上等そうなのを選んで着ていってるんですけど、毎朝美砂枝さんに駄目出しされてるんです……」

碧としては、若手ママ向け雑誌などを読んで必死に勉強してコーディネートしているのだが、美砂枝にはついに『資産家のお嬢さんだと崇佑が言っていたけど、庶民的なお洋服しか持っていないのね』などと言われてしまった。

地味にへこんでいると、崇佑が慌てる。

「そうか、そこまで気が回らなくてすまなかった。よし、次の休みになにか服を買いに行こう」

崇佑に言われ、今度は碧が慌てて両手を横に振る番だ。

「い、いえ、そんなつもりで言ったんじゃないんです。なんて言うか……ちょっと愚痴を聞いてほしかっただけで」

これで服を買ってもらったりすれば、まるでおねだりしたみたいで申し訳ない。

だが。

「わぁ、みんなでお出かけするの？　うれしいな！」

慌てて遠慮しようとしたが、耳聡《みみざと》く聞きつけた宙が大喜びしてしまい、碧は困ってしまう。

「よし、決まりだ。予定を空けておいてくれ」

「でも、せっかくのお休みなのに……ご迷惑じゃないですか？」

「どうせ接待ゴルフか、持ち帰りの仕事をするのがせいぜいなんだ。たまには私も服でも買うかな。宙も、一緒に選んでくれるか？」

「うん、いいよ！　うんと崇ちゃんかっこよくしてあげるね」

「はは、それは楽しみだ」

もうすっかり打ち解けている二人のやりとりを聞き、本当にいいのかなと思いつつ碧も嬉しくなった。


こうして、次の週末。

朝十時に崇佑が車で迎えに来てくれた。

名の知れた高級外車だが、浮ついた派手なタイプではなく、崇佑によく似合う質実剛健さがあるメタルシルバーの重厚なデザインだ。

宙を乗せるならチャイルドシートを設置しなければならないが、彼の車にそんなものがあるはずがないと思い、碧はあらかじめそれを用意して待っていたのだが。

崇佑が後部座席のドアを開くと、後部座席には驚いたことに真新しいチャイルドシートが設置されていた。

「わ、わざわざチャイルドシート買ってくださったんですか？」

「今後使うだろうしな」

早く乗りなさいと促され、碧は宙をチャイルドシートに座らせ、自分は助手席に移動してシートベルトをつけた。

そして、三人は屋敷を出発する。

碧と宙にとっては、東京に来て以来初めての遠出だ。

「新しい服を買いに行かなきゃと思ってはいたんですけど、一人で出かけるのはちょっと怖かったんで、助かります」

「なぜ怖いんだ？」

左ハンドルを操りながら、崇佑が不思議そうに問う。

「そりゃ、俺みたいな田舎から出てきたばかりの人間には、どこでなにを見たらいいかもわからないし、怖いですよ。島には小さなデパートくらいしかなかったし、都会には慣れてないんです」

「私も、女性の服のことはよくわからないから、普段私が利用しているところのレディースでいいか？」

「はい、お任せします」

崇佑が快適に車を飛ばし、到着したのは銀座《ぎんざ》だった。

手近なコインパーキングに車を停め、着いた先は銀座の一等地にある有名ブランド店だ。

流行に疎《うと》い碧でさえ、その名を知るフランスの一流ブランドなので、一気に全身の血が引いた。

「あ、あの……ここの服は無理です。俺のお給料じゃとても……」

「私もよその店員とは懇意でないから、ここでないと困るんだ。代金のことは心配しなくていい。最初からきみに払わせる気はないから」

「で、でも……」

必死に食い下がるが、崇佑はさっさと店内に入ってしまうので、碧もやむなく宙の手を引いてあとに続く。

「いらっしゃいませ、矢ノ上様。いつも当店をご贔屓にしていただきまして、ありがとうございます」

あらかじめ来訪を伝えていたのか、店長らしき初老の男性が恭《うやうや》しく出迎えてくれる。

その対応だけで、崇佑がこの店でいかに上客であるかが窺《うかが》い知れた。

三人はそのまま、店内奥にある立派な応接セットのソファーに通される。

女性店員がコーヒーとショコラ、宙にはオレンジジュースを出してくれたので、買い物先でお茶を出された経験のない碧はこれだけでびっくりだ。

一口サイズのショコラもいかにも高級品で、宙は「おいしいね」と満面の笑みで頬張っている。

「今日は服を選びに来ました。彼女には入学式に着ていかれる程度のセミフォーマルなものを何点かコーディネートしてください。この子と私には、カジュアルな普段着をお願いします」

崇佑が店員にそうリクエストしたので、碧は驚く。

「そ、そんな、宙にまで」

「私達のものを買って、宙に買わないのは不公平だ。大丈夫、ここのブランドは子ども服も取り扱っているから」

そういう問題ではなく、碧が気にしているのは金額のことなのだが、崇佑の依頼にさっそく店員達が商品をセレクトし、次々と運んでくる。

「まずは、こちらなどいかがでしょう？　今期の新作なのですが、お召しになってみると清楚な雰囲気で堅苦しくなりすぎず、洗練された印象になります」

白手袋を嵌《は》めた店員が、そう言って丁重に差し出したのは、淡いパステルカラーと白を基調にしたワンピースだった。

付属のボレロを羽織ると、なるほど入学式にも通用しそうなフォーマルな装いになる。

「とりあえず、試着してみるといい」

「は、はい」

崇佑に促され、碧は店員の案内で、これまた広めの豪華な試着室に入った。

ふと袖口の値札を確認すると、なんと三十万近い値段に思わず目が飛び出そうになる。

――マジで⁉　一着でこの値段かよ……⁉

もしどこかに引っかけて破いてしまったりしたらコトだと、青くなった。

男だとバレては困るので、店員の手伝いを丁重に断り、高価な服をおっかなびっくり試着してみる。

「あの……できました……けど」

おずおず試着室から出てみると、宙が小さな手を叩いてくれる。

「わぁ、碧ちゃん、かぁわいいい！」

「ああ、よく似合ってる」

崇佑もそう同意し、店員に「これは決定で」と告げてしまい、さらに「次の試着に移ってくれ」と碧にあっさり振ってきたので度肝を抜かれてしまう。

「いや、あのもう少しよく考えた方が……」

「早く」

「……はい」

勢いに負け、碧はすごすごと次の一着を手に試着室へと戻る。

店員のセレクトは的確で、そのスーツもいかにも上品で、かつ堅苦しすぎない洗練されたデザインだ。

その一着も崇佑のお気に召したと見えて、試着室を出るなりお買い上げ決定となった。

もう充分だからと必死に遠慮する碧を尻目に、三着目もあっさり決められ、その間に崇佑は今度は宙の私服を店員にオーダーした。

「宙はどんな服が好きだ？」

「んっとね、青いやつ。あと宙、もう一人でもたっくさんボタンのついたおようふく、着られるんだよ！」

一人で上手に着替えができるようになった宙は、それが自慢なので小さな胸を反らせている。

「そうか、それは偉いな」

少年に似合いそうな服を取捨選択し、最終的に本人に数点選ばせる。

試着室には碧も入り、試着を手伝った。

青のチェック柄のシャツに、サスペンダー付き黒の半ズボンに着替えた宙は少年らしくとてもよく似合っている。

「それもいいな。次はこれにしよう」

と、崇佑はこちらも乗り気で、次々と宙の服を物色し始めた。

「ほ、本当にもう大丈夫ですから」

碧が止めに入るまで際限なく買おうとするので、困ってしまう。

「さぁ、次は崇佑さんの番ですよ！」

今度は碧がはりきり、宙と一緒に彼に似合いそうな私服を探す。

長身でスタイルのいい崇佑はなにを着ても様になるだろうが、普段着ているものから察するに、彼はシンプルなデザインが好みのようだ。

「崇ちゃんは白のおようふくがにあうよね」

宙もそう言うので、碧は上質な白のニットセーターを選んだ。

宙は白地に細かいストライプ柄のシャツがいいと言い、崇佑はそれらを試着もせずに購入することに決定した。

「試着しなくていいんですか？」

「きみ達が選んでくれたものだ。問題ない」

どうやら自分の服に関しては、さしてこだわりがないらしい。

と、その時。

「わぁ、碧ちゃん見て見て！」

突然宙が店の奥にあるディスプレイを見上げ、叫ぶ。

いったいなにごとかと見ると、そこには秋のブライダルシーズンということで、新郎新婦のマネキンが立っていた。

宙の視線は、ふんだんにドレープがある豪華なウェディングドレスに釘づけだ。

「これ、きっと碧ちゃんににあうよ！」

「そ、そう？　ありがと。でもドレスは買わないから、いいんだよ」

「え～～碧ちゃんがこれ着たとこ、見たい！」

「そ、宙……っ」

まさか宙がそんなことを言い出すとは思っていなかったので、碧は困惑する。

「……ママが着たら、きっとすごくきれいだっただろうな」

宙が、ドレスを見上げながらぽつりと寂しそうに呟く。

「……宙」

宙からすれば、碧の女装姿はどうしても姉を連想させるので、そんなことを考えてしまうのかもしれない、と思うと、碧も胸が締めつけられる。

手のこんだ刺繍が多く、見るからに高価そうなドレスだったので、控えめに置かれていた値札をちらりと確認してみると、なんと数百万だ。

値段を見ただけで、くらりと目眩《めまい》がする。

すると、そのやりとりを聞いていた店員がすかさず声をかけてきた。

「よろしければ、ご試着だけでもいかがですか？」

「い、いえ、そんな……」

とんでもない、と断ろうとするが。

「そうだ、きっとよく似合うと思う。試着させてもらうといい。写真を撮ってもいいですか？」

と、崇佑まで宙の尻馬に乗ってきたので、仰天してしまう。

「そ、崇佑さん⁉」

「ええ、もちろんです。一生に一度の大切な晴れの舞台ですから、こういうものは本当に気に入ったものが見つかるまで、何着でもお試しになった方がよろしいんですよ」

店員は、すっかり二人が挙式を控えているカップルと思い込んでいるようで、碧があたふたしているうちに店の奥から同じドレスを運び込んできてしまう。

「い、いったいどういうつもりなんですか？　ウェディングドレスなんてっ」

「まぁ、買うと言っているわけじゃないし、そう目くじら立てるな。こんな機会でもなければ、一生着ることもないだろう？」

「普通はそんな機会、なくていいんですよ？」

「私が見たいんだ。宙もああ言ってることだし、すまないが協力してくれ」

「……」

こんな高価な洋服をあれこれ買ってもらったあとのお願いは、非常に断りにくいものだ。

どうにもいやだなどと言い出せる雰囲気ではなく、おまけに宙は大きな瞳をきらきらさせて碧のドレス姿を待ち構えている。

「……わかりました」

一つため息をつき、諦めの境地に達した碧は、悄然《しょうぜん》と店員のあとに続き、再び試着室に入った。

――はぁ……いったいなんだって、こんなことに……？

男として生まれて、二十一年。

まさか自分がウェディングドレスを着る羽目になるとは、予想だにしていなかった。

さすがに背中のファスナーだけは自分で上げられなかったので、がっちり胸元をガードしつつ店員に手伝ってもらう。

ご丁寧に髪につけるヴェールと豪華なティアラ、それに白手袋までつけさせてくれて、着替え終えた碧はおそるおそる試着室を出た。

「わぁ、碧ちゃんきれ～い！」

「本当に、よくお似合いですわ」

宙と店員が大仰に声を張り上げたので、碧は思わず恥ずかしさに俯《うつむ》く。

崇佑の反応が気になり、ちらりと見上げるが、彼はなぜかあっけに取られた様子でソファーに腰を下ろしたまま硬直している。

「あの……崇佑さん？」

訝しげに声をかけると、ようやく我に返ったのか、崇佑はごほんと咳払《せきばら》いをして誤魔化《ごまか》した。

「その……想像以上に似合っていて、驚いた。本当に綺麗だ」

短い感想だったが、妙に実感がこもっていて、碧はかっと頰が熱くなる。

「あ……ありがとうございます……」

――わ～っ、なんか恥ずかしいよ！

双方共に押し黙り、妙な雰囲気になってしまったので、宙が不思議そうに二人を交互に見つめている。

「ね、写真とろうよ！」

「そ、そうだな。宙、隣に並んで」

崇佑がスマートフォンを取り出し、二人を撮影しようとする。

するとすかさず、店員が「三人でお撮りしますよ」と撮影係を申し出てくれたので、その言葉に甘え、宙を中心に三人で何枚か写真を撮ってもらった。

崇佑が礼を言ってスマートフォンを受け取り、画像を確認する。

写真の中に収まった彼らは、まるで本当の家族のように見えて、碧は少々照れくさい。

「これ、宙もほしい！　パパとママととったみたいだから」

「宙……」

矢ノ上家のリビングには、写真館で撮影したらしき家族四人での写真が飾ってある。

それには真之が写っていた。

宙が写真を欲しがったのは、おそらく崇佑が父親にそっくりだからだろう。

「わかった。帰ったらプリントするからな」

「うん、ありがと！」

嬉しそうな少年の笑顔に、碧の胸はズキリと痛む。

普段は元気そうに装っていても、心の奥底では実の父親を求め続けているのだ。

――せめて、崇佑さんのお兄さんが戻ってきてくれれば……。

もう姉と会うことは二度と叶《かな》わないが、生きている真之となら会うことはできる。

碧は失踪《しっそう》した真之が戻ってきてくれることを、心から願った。


大量の買い物を終え、会計をすませた頃にはかなり時間が経っていて。

買った商品の山を屋敷まで配送してもらう手配を終えると、三人は店を出る。

「はぁ……どっと疲れました」

「買い物でそんなに疲れるのか？」

「いや、こんなに人様にお金使わせたのは人生で初めてなんで」

罪悪感で身も細る思いの碧だが、反面恐らくは百万単位で散財したはずの崇佑の方は平然としたものだ。

「たくさんお金を使わせてしまって、申し訳ないです」

恐縮しながら礼を言うと、崇佑は「問題ない」とあっさりいなす。

彼によれば、仕事で忙しく散財する暇もないので、久々に買い物でストレス解消できたとのことだった。

だが普通、それは自分の買い物をするのが前提ではないかなと碧は考える。

「もうこんな時間か。おなかが空《す》いただろう、宙。なにが食べたい？」

その問いに、少し考えて宙は小さな右手を高々と上げて叫ぶ。

「んっとね……チキン！」

「チキン？」

「ああ、ファストフードの、フライドチキンのことです」

脇から、碧がそう解説する。

「宙はフライドチキンが好きなのか？」

「はい。でもこちらに来てから、美砂枝さんが許してくれないので……」

美砂枝はことのほか宙の食事にはうるさく、添加物の多い市販のスナック菓子なども禁止されているのだ。

ジャンクフードなど到底無理だろうと、碧はしゅんとする。

すると崇佑はわかったと頷き、カーナビを操作した。

「どこ行くの？」

「きみ達が気に入るかどうかはわからないが、私が昔よく通っていた店だ」

「ふぅん」

と、宙と崇佑はまるで友達のような会話をしている。

——宙ってば、妙なところで度胸あるんだから。姉さんにそっくりだ。

傍らでそれを聞いている碧は、自分と違って破天荒《はてんこう》だった姉を思い出し、苦笑してしまう。

車を走らせ、崇佑が連れていってくれたのは、銀座の片隅にある小さなレストランだった。

だが、外観はこぢんまりとしているが、店内へ入るといかにも落ち着いた雰囲気で、かなりの高級店だとわかる。

——どうしよう、マナーとかぜんぜん知らないんだけど。

連れてきた崇佑に恥をかかせてしまうのではないか、と碧は内心青くなる。

すると、その緊張を察したのか、崇佑がふと微笑んだ。

「そんなに緊張しなくていい。フランクな店だから」

「そ、そうなんですか？」

こうした店に免疫のない碧はそれでもびくついていたが、店主の妻らしき初老の女性が宙のために
キッズ用の椅子《いす》を用意してくれてほっとする。

メニューには写真がなく、よくわからなかったので注文は崇佑に任せることにした。

やがてテーブルに運ばれてきたのは、バスケットに入ったフライドチキンだった。

だが、それはファストフード店のものとは違い、鶏の半身丸ごと油で揚げたもので、かなりの迫力だ。

「わぁ、大きいチキンだ！」

こんな大きなフライドチキンを初めて見た宙は、大はしゃぎだ。

「ここのチキンは手掴《てづか》みで、自由に食べていいんだぞ」

「うん、いただきまぁす！」

大きいので崇佑がナイフで切り分けてくれたレッグ部分に、宙が大きな口を開けてかぶりつく。

碧もその食欲をそそる光景につられ、両手でチキンを持って齧《かじ》ってみた。

パリパリに焼けた皮が香ばしく、中の身はジューシーで肉を噛んだ時の弾力で歯が跳ね返りそうになるほどだ。

「うわ……おいしい……！」

あまりの衝撃に、思わず声に出てしまう。

「こんなにおいしいフライドチキン食べたの、生まれて初めてです」

「ここのフライドチキンはこだわった材料を使っていて、油ももたれない。子どもでも大丈夫だろう」

「すっごくおいしいね～」

「ね～」

おいしいものを食べた時の合図のようなもので、碧と宙は語尾を合わせ、首を横に傾げて微笑み合う。

「本当に、すごくおいしいです」

「そうか。お代わりするといい、たくさん食べなさい」

二人が大喜びでチキンを頬張るのを眺めていた崇佑が、幾分照れたように視線を逸らす。

宙もいたくこのキチンが気に入った様子でお代わりし、それ以外にもサラダや焼きたての自家製ビスケットなどもいただき、皆でおなかいっぱいになるまで食べた。

「崇ちゃん、すごくおいしかった。ごちそうさまでした！」

「どういたしまして」

「またつれてきてくれる？」

「こ、こら、宙」

子どもらしいおねだりに碧は慌てるが、崇佑は真顔で「いつでもいいぞ」と答えた。

「また食べたくなったら、私に言うといい。約束だ」

「うん、わかった。やくそくね」

どうも子ども慣れしていない崇佑は、まるで大人と話すように宙と応対しているのだが、背伸びしたい年頃の宙はそれが嬉しいらしくご機嫌だ。

レストランを出ると崇佑が腕時計で時間を確認し、言う。

「宙、まだ見たことないだろう。そろそろ夜景が綺麗な時間だろうから、帰り道にレインボーブリッジを見に行くか？」

「うん、行きたい！」

まだ東京に来て日が浅い宙は、当然見たことがなかったので、大喜びだ。

話はすぐまとまり、崇佑は車でレインボーブリッジがよく見えるお台場《だいば》の海浜公園《かいひんこうえん》へと連れていってくれた。

そこはレインボーブリッジと東京タワーが一度に見られる、贅沢《ぜいたく》な夜景スポットだった。

「わぁ、砂だ！」

車を駐車場に停め、砂浜に下りてみると、目の前に広がる砂浜に宙のテンションも最高潮になる。

「あそんでいい？」

「ちょっとだけだよ。波打ち際には行っちゃ駄目だからね」

「わかった！」

碧のお許しを受け、宙はしばらく砂浜を走り回ったあと、両手で砂をいじり始める。

その様子を、二人は少し離れた場所から見守っていた。

「こんなに楽しそうな宙の顔見たの、久しぶり……」

しみじみ呟くと、崇佑が複雑そうな表情になる。

「やはりまだ、こちらの環境に馴染めていないのか？　島の生活とはかなり違うだろうから、戸惑いもあるだろうが」

「そうですね……俺には心配かけまいとしてるのか、元気にふるまってはいるんですけど、逆に無理してないかって、ちょっと心配になる時があるんです」

島でののんびりとした暮らしとは、百八十度違う生活。

時間の流れすらまったく異なるように感じられ、大人でも戸惑うのだから、幼い宙が困惑しないはずがない。

碧はふと遠い目になり、懐かしい日々を思い出す。

「島にも宙の好きなファストフードのお店があって、月に一度って決めて、よく姉と祖母と四人で食事に行ったんです。姉も宙が食べるものに気を遣ってたから、ジャンクフードはたまにって方針だったので」

「そうか……」

「でも子どもには、そのたまに食べるフライドチキンが、きっとすごくおいしく感じられるんですよね。いつのまにか、俺も楽しみになってて。家族で食べに行くのが嬉しかったのかも」

そこで碧は、崇佑にぺこりと頭を下げた。

「宙も本当に嬉しかったと思います。今日は、いろいろ本当にありがとうございました。せっかくのお休みだったのに、俺達に付き合わせてしまってすみません」

改めて礼を告げると、崇佑はまた真顔で「問題ない」と答えた。

そして、

「その……きみ達さえよければ、また三人でどこかへ出かけよう。私も楽しかった」

と、ぼそりと言った。

「……本当ですか？」

「私は嘘は言わない」

「……はい、ぜひ！」

その言葉に嬉しくなり、碧も弾むように応じる。

崇佑のひそかな協力がなかったら、とうの昔にボロを出していたに違いない。

――崇佑さんには、感謝しなくちゃ。

言葉だけではその気持ちは伝えきれていない気がして、碧がじっと隣の彼を見上げると、崇佑は少し面映《おもは》ゆそうな表情でこちらを見つめ返してきた。

目が合うと、互いになんとなく恥ずかしくなって目線を逸らす。

こうして、東京へ来て初めて、碧と宙は崇佑のお陰で楽しい休日を過ごすことができたのだった。


それから。

崇佑は仕事で多忙だろうに、三日か四日に一度は矢ノ上邸に早い時間に帰ってきて泊まっていってくれるようになった。

そして一緒に夕食を摂り、その後必ず宙と碧を部屋に呼んで、自由に遊ばせてくれる。

相変わらず崇佑の両親は留守が多かったが、それでも今まで屋敷に寄りつかなかった崇佑が頻繁に戻って宙と過ごしていることを奇異に感じているようだった。

「崇ちゃん、見て見て！」

彼が屋敷に来るのを心待ちにしていた宙は、大事なアルバムを胸に抱えて駆け寄る。

「こないだもらった写真、ここにはったんだよ」

宙にせがまれて、崇佑がプリントしてくれた三人の写真は、宙が大事にしているアルバムに飾られることになったのだ。

崇ちゃんにだけ見せてあげるね、と宙はもったいぶった仕草でアルバムの一ページ目から広げていく。

そこには瑞穂が撮影した、宙の赤ん坊の頃の写真がびっしりと並んでいた。

傍らには手書きの、母親の愛情溢《あふ》れるコメントが一枚一枚丁寧に付け加えられている。

姉の愛情が丸ごと詰め込まれたアルバムは、宙の宝物なのだ。

「そうか。またどこかへ行ったらたくさん写真を撮ろう。そうしてアルバムに貼るといい」

「ほんと？　ほんとにつれてってくれる？」

「ああ、どこがいい？」

「えっとね、えっとね、どうぶつえんでしょ、ゆうえんちでしょ……」

と、しばらく小首を傾げ、その小さな頭を悩ませていた宙だったが。

「でも崇ちゃんと碧ちゃんといっしょなら、どこでもいい」という結論に辿り着いたようだ。

「……宙」

少年の愛らしさに、思わず胸がきゅんとなる。

それからしばらくは大人しく電車のオモチャで遊んでいた宙だったが、それに飽きてくるとお気に入りのＤＶＤを自室から持ってきた。

「ねぇねぇ崇ちゃん。いっしょにバトルうさうさ仮面みようよ」

「こら、宙。崇佑さんはお仕事で忙しいんだから我が儘言わないの」

「え～だって宙、崇ちゃんとみたい～～」

好きな人に、自分の大好きなアニメ映画を見せたがる宙は、頬を膨らませてそう主張する。

間に挟まれ、碧が困っていると、崇佑がＤＶＤを受け取ってくれた。

「わかった、一緒に観よう」

「ほんとに⁉ やった～！」

「無理しないでください、崇佑さん」

慌てて止めに入るが、崇佑は「問題ない。ちょうど休憩しようと思っていた」と淡々と言い、宙を抱き上げてソファーに腰を下ろした。

「碧ちゃんも、はやくぅ」

いいのかな、と思いつつ、碧も隣に座ったが、崇佑が大柄なので、彼が足の間に宙を挟んで座ると肘《ひじ》や太腿《ふともも》が触れ合ってしまう。

「狭くてすまない。二人掛けだから」

「い、いえ」

なんとなくドキドキしながら、碧は映像に集中しようと心がけた。

「これ、子ども向けだと甘く見ない方がいいですよ。俺、毎回号泣ですから」

「そうなのか？」

口ではそう言いながらも、崇佑は自分は別だと思っている様子だったので、碧は内心彼も泣いてしまうかどうか興味津々でＤＶＤをデッキにセットした。


そして、約一時間半経過。


「どうぞ」

さりげなくティッシュケースを差し出すと、崇佑はそれを二、三枚取って目元を拭う。

さすがに照れくさいのか、こちらを見ようとしない。

「……やられた。久々に映画を観て泣いたぞ」

「ね？　やっぱり甘く見てたでしょう」

大泣きで目元を泣き腫《は》らした碧は、同じくしゃくり上げている宙の鼻をティッシュで押さえると、宙はちぃんと音を立てて鼻をかんだ。

「……完敗だ。最近の子ども向け作品のクオリティーはすごいな」

子ども時代、夢中になって観たヒーローものを思い出した、と崇佑は呟く。

「バトうさはテレビシリーズと、映画の続編があと五本あるんですよ」

なにげなくそう教えると、崇佑が激しく食いつく。

「ぜひ、全部観たい」

「了解です。次の上映会、いつにしますか？」

「明日は接待で遅くなるから、明後日でどうだ？」

「わかりました」

こうして次のバトうさ上映会の約束をして、碧は弾む気持ちで崇佑の部屋をあとにした。

それからいったん宙を自分の部屋に行かせ、明日のスケジュール確認をするために階下へ下りていくと、ちょうど外出から帰宅した美砂枝と玄関付近で鉢合わせになった。

「あ、お帰りなさいませ、奥様」

そう挨拶すると、美砂枝は二階を見上げる。

「……崇佑さんは、また帰ってきているの？」

「は、はい」

「……そう」

なにか言いたげだったが、美砂枝はそのまま自分の部屋に行ってしまった。

――また帰ってきてるって……家族なのにな。

美砂枝の言い方に、言外に帰ってこられると迷惑だという響きを感じ、碧は気分が落ち込む。

やはり生《な》さぬ仲の二人にとっては、仕方のないことなのだろうか？

なにもできないながらも、碧はなんとか彼ら家族がうまくいくことを祈った。

それから、しばらくしてからのことだ。

「ねぇ、本当のところはどうなの？」

宙の朝の送迎が終わり、一段落して休憩室でお茶を飲んでいる時、あとからやってきた里奈がふいにそう聞いてくる。

「え、なにがですか？」

マグカップを片手にきょとんとしていると、里奈はそんな碧の二の腕を肘で突いてきた。

「またまたぁ、バレバレなんですけど」

「……っ!?」

彼女の含み笑いを見た瞬間、背筋をひやりとしたものが伝う。

一応女装生活にもやっと慣れてきたと思っていたが、もしかして、男だということが知られてしまったのだろうか？

　一瞬にして青ざめる碧に、里奈は声をひそめ、もったいぶった様子で告げた。

「ふふ、顔色変わったわね。そう、崇佑様とのことよ。あなた達、付き合ってるんでしょ？」

　その言葉の意味を考えているうちに、一拍間が空き。

「え……えええっ⁉」

　予想もしていなかった展開に、碧は思わず声を上げてしまった。

「いや、そんな……ち、違いますっ、ほんとに」

　男だとバレていなかったのはよかったが、代わりに『崇佑と付き合ってる疑惑』を突きつけられ、碧の動揺は収まらない。

「そ、崇佑様みたいな方が、私なんかと付き合うはず……ないです」

　必死でそう弁明するが、里奈はまるきり信じていないようだ。

「え～本当に？　だって崇佑様のゴリ押しで、たくさんの優秀なナニー候補を押しのけて、無理やりあなたを選んだのよ？　それに、よく二人で崇佑様のお部屋に籠《こ》もってるし」

「そ、宙様も一緒です！」

「そりゃあ二人きりだと、あまりにロコツだしねぇ」

「もう、里奈さん⁉」

「はいはい、それじゃ違うってことにしておいてあげる。でも奥様も多分疑ってると思うわよ。

だって今までぜんぜん寄りつかなかった崇佑様が、あなたが来た途端頻繁に帰ってくるようになったんですもの」

今度詳しく聞かせてね、と言い置き、里奈はさっさと行ってしまった。

——あぁ……びっくりした……。

あんまり驚いたので、まだドキドキが収まらない。

とはいえ、今の自分は一応『女性』なのだから、そういう目で見られても不思議はないのかもしれない。

動揺が収まってくると、里奈の、美砂枝が疑っているのではないかという言葉が引っかかる。

——美砂枝さんは、俺と崇佑さんが付き合ってるから、お屋敷に帰ってくるようになったと思ってるのか……。

先日の彼女の態度にも、それで説明がつく。

このままでは崇佑にも迷惑がかかってしまうので、誤解されないよう気をつけねば、と碧は休憩を切り上げ、立ち上がった。

◇　◇　◇

それから数日はなにごともなく過ぎていったが、事件は再び崇佑が屋敷に帰宅した時に起こった。

その日は珍しく矢ノ上家の現当主である隆司も夕方帰宅し、なにやら屋敷内がピリピリとした雰囲気に包まれていた。

宙が家庭教師と英語の勉強中だったので、里奈の手伝いをしていた碧が崇佑を迎えに玄関へ向かう。

「お帰りなさいませ、崇佑様」

「ああ、ただいま」

今日も彼とバトうさのＤＶＤの続きを観る約束をしているので、宙は楽しみにしているだろう。

そう考え、碧は笑顔で崇佑を出迎える。

彼のアタッシェケースを受け取った時、里奈が走ってやってきた。

「崇佑様、旦那様がお呼びです」

「珍しいな。親父が戻ってるのか」

「はい、葵さんと崇佑様にお話があるとかで、さきほどから奥様と一緒にお待ちです」

「話……？」

いったいなんの話なのだろう、と碧と崇佑はひそかに目線で会話する。

だが、とにかく待たれている以上は行かねばならないので、二人は里奈に案内されるままリビングへ向かった。

リビングでは、すでに隆司と美砂枝がソファーに座り、二人を待ち構えている。

隆司は五十代後半といったところだろうか。

顔立ちは崇佑によく似ているが、への字に曲がった口元が頑固そうな印象を与える。

碧がこの屋敷に来て以来、隆司はほとんど帰ってこず、たまにいてもすぐ出かけてしまうので碧が彼の顔をまともに見たのはこれが初めてだった。

「ご無沙汰《ぶさた》しております」

「うむ、仕事の方は順調のようだな」

「はい、お陰さまで」

崇佑が父親に対して、家族らしからぬ挨拶を交わす。

碧は神妙に二人のやりとりを見守っていたが、隆司の方はなぜか苦虫を嚙み潰《つぶ》したような表情で二人を交互に眺めるばかりだ。

――なんか、あんまりいい話じゃなさそうだな……。

上京するまでに必死で育児書などを読み漁ってきたものの、しょせんは付け焼き刃の一夜漬けだ。

やはり自分はナニーとしての適性に欠けていると思われていて、生活態度などのお叱りを受けるのかもしれない。

それ以前に、男だということがバレたのでなければいいが、と碧は緊張する。

「それで、お話というのは？」

崇佑がそう切り出すと、隆司は一つ咳払いをしてようやく口火を切った。

「おまえ、この間の見合い話をまた断ったそうだな」

「ですから、何度もお答えしている通り、私は当分結婚するつもりはないんです。すみませんがそういったお話は、今後もすべて断ってください」

父親の問いに、崇佑はきっぱりとそう宣言する。

――崇佑さん、結婚したくないんだ……。

そういえば、こんなにモテそうな容姿なのに、仕事仕事でロクに休日も休んでいる様子もないし、最近は自分達のために時間を割いてくれているので、プライベートな時間などほとんどないだろう。

結婚に対する彼のかたくなな態度を初めて知り、碧はなんとなく意外に思った。

「……それはつまり、もう決めた相手がいるということなのか？」

「は？」

なんの話かわからない様子の崇佑はぽかんとしているが、隆司は咳払いをし、ちらりと意味ありげに碧に視線を向けた。

「隠すこともあるまい。使用人の間で噂になってるそうじゃないか。頭ごなしに反対したりはせんから、葵さんと交際しているならしているで、はっきりそう言いなさい」

「え……ええっ⁉」

面と向かって問い質されるとは思わず、碧は驚いて声を上げてしまう。

まさに里奈が言っていた通りになってしまい、ひどく慌てた。

「そ、それは違いま……」

誤解です、と訴えようとしたが、なにを思ったのか崇佑がそれを制し、右手で碧の肩を抱き寄せる。

「やはり、知られてしまいましたか。でしたらもう隠す必要もないですね。そうです、私は葵さんと結婚を前提に交際しています。お父さんの勧める方をお断りしてしまったので、なかなか言い出せずにすみませんでした」

「そ、崇佑様……⁉」

いったいなにを考えているのか、と声も出せない碧の耳元に唇を寄せ、崇佑は素早く「頼むから、話を合わせてくれ」と囁《ささや》いた。

そう頼まれてしまった以上、一人で違うと反論するわけにもいかないので、碧も身を硬くしながら崇佑の腕に大人しく抱かれているしかない。

あまりの恥ずかしさについ俯いてしまったのだが、それがまた付き合い始めの初々しい恋人同士のように映ったらしく、隆司はやっぱりか、といった表情で頷いた。

「やはりそうだったのか」

「突然葵さんを連れてきて、強硬に勧めるから、おかしいと思いましたよ。こういう公私混同なやり方は感心しませんね」

美砂枝の方は、義理の息子のダシに使われたという思いが強いのか、明らかに不機嫌だ。

「まぁ、そう言うな。今までどんな才媛が相手でもかたくなに拒否してきた崇佑が、自分から女性と交際する気になっただけでも大した進歩だ」

隆司の方は崇佑に甘いのか、そう取りなしてくれたので、どうなることかと緊張していた碧はほっとした。

「わかった。そういうことなら、見合いの話は今後断ることにしよう。とりあえず宙の養育に関してはきちんとお願いするよ、葵さん」

「は、はい、もちろんです」

「では、宙が待っていますので、私達はこれで」

美砂枝の方はまだ文句を言い足りなさそうだったが、崇佑はさっさと話を切り上げ、碧の肩を抱いたままリビングから廊下へ出た。

――はぁ……びっくりした。

ガチガチに緊張していた分、二人きりになると碧は崇佑を困惑の眼差しで見上げる。

「今の……どういうことなんですか？」

「おおかた、噂の出所は里奈さんだろう。そういう話になっているなら、変に否定せず、むしろ肯定してしまった方が自然だと思っただけだ」

「だ、だからって、いきなり恋人だなんて……」

碧がさらに抗議しようとした時、なにを思ったのか崇佑が突然その腰に腕を回して抱き寄せてきた。

「なっ……！？」

「しっ……里奈さんがこちらを見ている」

耳元で囁かれ、碧はぎくりと動きを止める。

「きみを強引に推薦したからな。起こるべくして起きた誤解だ」

と、崇佑の方は平然としているので、碧は頬を膨らませた。

「こないだのウェディングドレス写真を撮ったのも、こういう思惑が少しはあったんですね？」

「そう怒らないでくれ。私が怒濤《どとう》の見合い攻撃からきみを弾除《たまよ》けにしてしまったのは認めるが、きみにだってメリットはある。宙と私の部屋に入りびたっていても、多少おかしなことがあっても、私の恋人なのだからと周囲からは大目に見てもらえる。違うか？」

「それは……そうですけど」

言われてみれば確かにその通りだったので、碧はひそひそと小声で返す。

不自然にならないよう、さりげなく背後の様子を窺うと、物陰に身を隠すように里奈がこちらを見ているのがわかった。

どうやら隆司達が二人を呼び出したので、その後の展開が気になって仕方がないのだろう。

――そういえば、崇佑さんにはナニーになるために協力してもらったし、嘘の恋人役くらい引き受けるべきかな。

碧がそう考え直し、顔を上げると、崇佑がふいに微笑み、その端正な美貌をゆっくりと接近させてくる。

――え、えええ……!?

いったいなにが起きているのか理解できないうちに、唇に軽い圧迫があって。

キス、されているのだとようやく把握できた時には、すでに離れた崇佑は愛《いと》おしげに碧の髪を撫で、その肩を抱いて歩き出した。

まるで魂を抜かれてしまったような碧は、されるがままである。

が、ようやく廊下を離れ、階段を上がって二階の崇佑の部屋へ連れ込まれると、じわじわと怒りが込み上げてきた。

「いったい、どういうつもりなんですか？　いきなり……あんなことするなんてっ」

するとと崇佑は、なぜか意外そうな顔をする。

「ひょっとして、ファーストキスだったのか？」

「……そんなこと、どうでもいいんです！　そういうことじゃなくてっ」

「男の子にキスしたのはこちらも初めてだったが、違和感はなかったぞ」

「か、感想なんか聞いてません！」

どこまでも的外れな会話になってしまい、碧はだんだん一人で怒っているのが馬鹿らしくなってきて、ふぅ、とため息をついて気分を落ち着けた。

「……わかりました。崇佑さんにはお世話になっているので、恋人のふりの協力はしますけど、もうキ、キスとかはなしですからね⁉」

「了解した。助かるよ、ありがとう」

爽《さわ》やかに笑顔で礼を言い、崇佑はじっと碧を見つめる。

「な、なんですか？」

「いや、きみは本物の女の子より可愛らしいなと思って」

「……‼」

さりげない殺し文句に、碧はかっと頰が上気するのがわかって俯いた。

反面、発言した本人はまったくそんな意図はないらしく、「もう里奈さんも見ていないだろうから、宙の部屋へ行っていいぞ。そろそろ英語の授業も終わる頃だろう」などと言っている。

「し、失礼しますっ」

動揺を押し隠して彼の部屋を逃げ出し、廊下へ出た碧は大きく深呼吸した。

――どうしよう、崇佑さんってば思った以上にかなりの天然だよ……！

すると、崇佑の言う通りちょうど授業が終わり、家庭教師が宙の部屋を出てきたので、挨拶を交わし入れ違いに碧が宙の元へと向かう。

「あ、碧ちゃん」

部屋に入ると、ノートを片付けていた宙が、嬉しそうな笑顔で出迎えてくれた。

「今日のお勉強はどうだった？」

「うん、今日はね、あるふぁべっとのつづきをおしえてもらったよ。碧ちゃんは？」

「今、崇佑さんのパパとママとお話ししてたんだよ」

なにげなくそう答えると、なぜか宙の笑顔が消える。

「もしかして、ぼくのことでメッされちゃった？」

どうやら、宙は自分がいい子でないから碧が叱られているのではと、幼いながらに気を揉んでいるらしい。

なので、碧は少年を安心させるために、いつものように膝の上に乗せてやった。

「違うよ。ちょっと……なりゆきで崇佑さんの恋人役を引き受けることになっちゃって」

幼くても、宙はとても利発な子だ。

なので、隠しておくよりもきちんと説明しておく方がいいだろうと考え、碧はわかりやすく話して聞かせた。

「そういうことにしておいた方が、お互いにいろいろ助かるし、便利だってことでそうなったんだ」

すると少年は、大きな瞳で碧の顎の下から見上げてくる。

「崇ちゃんと碧ちゃん、ケッコンするの？」

そして、いきなりとんでもないことを言い出した。

「そ、そんなことあるわけないだろ。俺は男なんだし」

「あ、そっか。さいきん女の子の碧ちゃんしか見てないから、まちがえちゃった」

「宙〜〜」

どうやら本気で言っているらしいので、碧は困ってしまう。

「それより碧ちゃん、あのカーディガン着て〜」

「また？　宙は本当にあれが好きだね」

おねだりされ、碧は着ていた制服のジャケットを脱ぎ、田舎からこっそり持ってきた愛用のカーディガンを羽織った。

それは祖母の手編みで、碧の父が着ていたものなのでかなり大きめだ。

「えへへ、あったか〜い」

碧にとっては父の形見なのだが、それを着ていた時、宙がふざけて中に入って以来、宙はこのカーディガンの中に入るのが大好きなのである。

ぬくぬくと碧の膝の上に落ち着いてから、宙が言う。

「崇ちゃんって、いい人だね」

「そうだね」

彼のことを思い出すと、否《いや》が応でもさきほどのキスがよみがえり、碧は一人頬を赤らめる。

だが。

「ぼくのパパ、崇ちゃんに似てるよね」

その時初めて、宙が実の父親のことに触れたので、碧は少し慌ててしまう。

「ぼくのパパも、崇ちゃんみたいにいい人だといいな」

「宙……パパに、会いたい？」

思い切ってそう尋ねると、少年は力なく首を横に振る。

だが、それがけなげな嘘であることを、碧は知っていた。

こんなに小さな子が突然母親を失い、実の父親がいると知って、会いたくないはずがないではないか。

それでも、自分を心配させまいと気丈にふるまう甥の姿に、碧は胸を締めつけられた。

「……会えるよ、いつかきっと」

膝の上の少年を抱きしめ、そう呟くしかなかった。


こうして『恋人事件』をきっかけに、崇佑は今まで以上に堂々と宙と碧を連れ、部屋に籠もったり外出したりするようになった。

美砂枝は決していい顔をしなかったが、それでも表立って非難することはなく、崇佑の予想通りいろいろ締めつけが緩くなったので、碧も彼の選択が正しかったことを認めざるを得なかった。


次の週末。

その日は一日休みが取れたと、崇佑が二人を動物園へと誘ってくれた。

「わぁ、見て見て！　パンダさんがいるよ」

こんなに規模の大きな動物園は初めての宙は、もう到着した瞬間からテンション全開で敷地内を走り出す。

「宙、走ると危ないよ」

「碧ちゃんも崇ちゃんも、はやくはやく！」

休日ということで家族連れが多く、混雑しているので、あとを追いかける碧と崇佑も大変だ。

とりあえず迷子にならないようにしっかりと宙と手を繋ぎ、順路に従い、まずは動物園目玉のジャイアントパンダを眺め、先へと進む。

宙のお気に入りはライオンとトラだ。

絵本でも大好きなので、檻《おり》の前から動かなくなってしまい、柵《さく》に摑まって背伸びしながらじっくり眺めている。

夢中な少年の様子に、連れてきた大人達も思わず顔を見合わせて微笑んだ。

「宙、すごく楽しそう……」

「ああ、喜んでくれてよかった」

私も動物園に来たのは、子どもの頃以来だ、と崇佑も興味深げにライオンを眺める。

「兄も……宙に会いたいだろうな」

ぽつりと彼が呟き、碧はそれをきっかけに今まで聞きたくても聞けなかったことを思い切って口にしてみた。

「どんな方なんですか？　宙のお父さんって」

「とても優しい人だよ。私が五歳であの屋敷に引き取られた時、父はあの通り無関心で、義母は今よりもっと冷ややかだった。まぁ、夫の愛人の子を引き取って育てろと言われれば、無理もない話だが」

そう言って、崇佑は苦笑する。

「子どもだった私は、突然環境が違うところにたった一人で放り出され、もうどうしていいかわからなかった」

「崇佑さん……」

淡々とつらい過去を語る崇佑に、聞いているこちらまで胸が痛くなる。

「怯《おび》えて萎縮する私に、唯一優しく接してくれたのが兄だったんだ。当時十歳だった兄が、事情を知っていたのかどうかはわからないが、兄は私を部屋に呼び、一緒に遊んでくれた。兄の存在で、どれほど救われたかわからない」

崇佑も、わずか五歳で母を失い、突然環境の違うあの屋敷へ引き取られたのか。

碧は、彼がなぜリスクを冒してまで自分を宙のそばに置いてくれているのか、その理由をなんとなく理解した。

自分も同じようにつらい目に遭っているから、きっと宙を放っておくことができなかったのだろう。

「義母は私を育てる気はなくて、私にもナニーがつけられたが、その人は義母の息がかかった、かなり厳格な人だった。少しでもミスをしようものなら、容赦なく鞭《むち》で手を叩かれたよ」

「そんな、ひどい……」

「それでも、兄がいてくれたから、そんな生活にもなんとか耐えられた。義母は私を、兄の手足となって働く臣下にしたかったようだが、強制されなくても私は最初からそのつもりだった。兄のためなら、なんでもしてやりたいと思っていたから。その気持ちは、今でも変わっていない」

昔語りで過去を振り返り、感傷的な気分になったのか、崇佑はかすかなため息を漏らす。

「だが……この家を一身に背負うには、兄は優しすぎたのかもしれない。芸術家肌の物静かな人で、元から『自分は企業経営のトップの座に就くようなタイプではない』が口癖だったんだが、瑞穂さんと無理に別れさせられてから、ひどく塞《ふさ》ぎ込むようになってしまった。義母に逆らえず、彼女を手放してしまったことを後悔して、後悔して……ますます心が不安定になってしまったのかもしれない」

「そして……失踪してしまったんですね？」

碧の言葉に、崇佑は無言で頷く。

「義母が強引にセッティングした見合いが断れないところまで話が進んでしまって、兄は追い込まれていた。別れて何年経っても、まだ瑞穂さんを愛していることに改めて気づいたと、兄は私にだけ打ち明けてくれた。様子がおかしいのはわかっていた。薄々、このまま兄はいなくなってしまうのではないかという予感があったが……兄の気持ちは痛いほどわかっていたから、私には止めることができなかったんだ」

苦しげにそう告白し、崇佑は片手で額《ひたい》を覆った。

「兄は多くを語らなかったが、瑞穂さんは兄のために潔く身を引いて、自分とも宙とも二度と会わないと約束させて別れたようだった。本当はもっと早く、すぐにでも二人を迎えに行きたかったんだと思う。だがそうこうしているうちに瑞穂さんは事故で亡くなり、それを知った兄は、ひどく落胆していたよ。自分は取り返しのつかない過ちを犯してしまったと。私は宙を迎えに行くように、兄を説得した。けれど瑞穂さんが亡くなったと知り、そのショックが決定打となって、兄は衝動的に屋敷を飛び出し、そのまま行方不明になってしまったんだ」

彼の兄は、崇佑の言う通り優しすぎて、次々と襲いかかる不幸にその心が耐えられなかったのかもしれない。

「兄の行方を捜しながら、私はひそかに兄の残した宙をどうするかを考えていた。だが、運悪くそれを義母に感づかれてしまって、このざまだ。こうなったのは、すべて私の責任だ。本当にすまなかった」

そう語り終えると、崇佑は深々と頭を下げる。

「そんな、やめてください。崇佑さんはなにも悪くありません。真之さんもお義母《かあ》様も……ただ少しだけ、歯車がずれてしまっただけなんだと思います」

「碧くん……」

大事な人のため、よかれと思ってしたことで、それが裏目に出てしまうのはままあることだ。

誰も悪くないと、碧はそう信じたかった。

「お兄さんとは、まったく連絡取れないんですか？」

「ああ、一応回線はまだ生きている携帯電話に何度もかけているんだが、ずっと留守録で応答してくれない。メッセージを入れ続けているが、聞いているかどうかもわからない。メールも同様だ」

「そうなんですか……」

「兄はもう、矢ノ上家と縁を切る覚悟で出ていったんだと思う。その意志を変えるのは難しいかもしれないが、せめて宙に一度だけでも父親に会わせてやりたい」

「崇佑さん……」

崇佑の思いやりに、碧もなんとかして父子の対面を果たしてやりたいと思う。

「ねぇねぇ碧ちゃん、次はカンガルー見ようよ」

「あ、う、うん。そうだね」

ようやくライオンを眺めるのに満足した宙は、碧のショートコートの裾《すそ》を引っ張り、そうねだってきたので、碧も急いで気持ちを切り替える。

あちこち回り、昼時が訪れたので、園内にあるレストランへと入った三人は、そこでランチを摂ることにした。

ピザやパスタを注文し、三人でシェアしながらの楽しい食事が終わり、店を出ると、崇佑が歩きながらスマートフォンを取り出す。

「ちょっと、兄にかけてみる」

さきほど話したばかりなので、無駄とわかっていても電話してみる気になったのかもしれない。

何度かのコールを待ち。

「繋がりました？」

「……いや」

いつものことだ、と言いたげに崇佑が電話を切ってジーンズの尻ポケットにしまおうとする。

すると、それを見ていた宙が、突然言った。

「パパにおでんわしてるの？　できるの？」

「え……？　う、うん。留守録だけど」

碧がそう答えると、宙は小さな手を差し出す。

「なら、ぼくもおでんわする！」

その言葉に、碧と崇佑は思わず顔を見合わせた。

宙が伝言を入れておけば、もしかしたら兄も連絡をする気になるかもしれない。

崇佑が再度兄の番号にかけ、留守録に切り替わってから宙に渡す。

「よし、いいぞ。パパに向かってお話ししてごらん」

「うん」

自ら言い出し、スマートフォンを受け取ったものの、宙は恥ずかしくなったのか、もじもじしている。

「えっと……パパ？　ぼく、宙だよ。あのね、今崇ちゃんのケータイからおでんわしてるの。今日はね、崇ちゃんと碧ちゃんとどうぶつえんにきてるんだ」

話しているうちにだんだん慣れてきたのか、宙は今見てきた動物の話などをしている。

途中で録音がタイムオーバーしてしまったので、もう一度かけ直し、再度残りを吹き込む。

「さぁ、そろそろパパにお別れを言って」

「ん……」

もう終わりなのか、と残念そうに少し考え込んだ宙は、こう呟く。

「パパ、今どこにいるの？　会いたいよ……」

それだけで電話を崇佑に返し、宙は拗《す》ねた時の様子で小さな唇を尖《とが》らせ、俯いている。

「宙……」

まだ見ぬ父への想いは、子どもながらに複雑なものがあるのだろう。

宙の気持ちを思うとたまらなくなって、碧は思わず腕を伸ばし、隣の席の少年の小さな身体を抱きしめた。

崇佑も、ためらいがちに声をかける。

「宙、パパは今お仕事でとても忙しいんだ。でもそのうちきっと、宙に会いに来てくれる。それまで待っていてくれるか？」

「……うん、わかった」

その返事に、固唾を呑んで見守っていた碧もほっとする。

それから、また三人で順路の続きをじっくりと見学して回った。

一日楽しく遊び、やがて夕方が訪れる。

一日では見きれないほど広い敷地だったが、だいたい主要なコースは制覇できたようだ。

「わぁ、綺麗な羽根だね」

孔雀《くじゃく》の檻の前で碧が宙に話しかけるが、少年はなぜか上の空で熱心に後ろを見つめている。

不思議に思い、その視線の先を辿ると、そこには宙と同じ年頃の少年と若い両親の姿があった。

甘えて手を繋ぎたがる少年を中央に挟み、父親と母親が両側から持ち上げ、ぶら下がった少年が楽しそうに笑っている。

ふと見ると、崇佑もそれに気づいたのか、彼と目が合った。

すると崇佑が、ぎこちない態度で宙の右手を取る。

大きな手のひらにその小さな手を包み込まれ、宙はびっくりした様子で崇佑を見上げた。

そこですかさず、碧も反対側に回り、空いている方の手を繋ぐ。

「いくぞ」

「せ〜の！」

崇佑の合図で、歩きながら同時に宙の身体を持ち上げる。

すると、それまで沈んだ表情だった宙に、笑顔が戻った。

「もう一回！　も一回して！」

「いいぞ、ほら」

「もっと！」

何度もねだられ、碧も笑いながらその楽しい遊びに応えた。

「そろそろ帰るか」

「そうですね」

駐車場に向かう途中で、三人は手を離すことなくそのまま歩き続ける。

今、自分達の姿は他人の目にはどう映っているのだろうか、と碧はふと考える。

そして、本当の家族のように見えたらいいな、と思った。


それから、しばらくして。

「ね、崇ちゃん、つぎはいつきてくれる？」

と、宙は指折り数えて崇佑が屋敷に顔を出してくれるのを楽しみにするようになっていた。

仕事で多忙な崇佑だが、それでもできる限り本宅に戻って泊まっていってくれる。

そして、今日はそちらに寄るとの連絡があり、崇佑は到着するなり碧に言った。

「ゆうべ、兄から初めて折り返しがあった」

「本当ですか⁉」

驚きのあまり、つい大声を出しかけ、碧は慌てて声をひそめる。

どうやら、電話で宙がメッセージを残した効果があったようだ。

「そ、それで？」

「宙が本宅に引き取られたことを話したら、驚いていたよ。うちに戻らなくていいから宙に会ってやってほしいと説得したんだが、『自分には父親の資格がない。宙に合わせる顔がない』と言って居場所も教えてくれなかった」

「そうだったんですか……」

宙を父親に会わせてやれるかもしれない、と一瞬期待してしまっただけに、碧は落胆する。

「だが、食い下がって、宙の動画を送るからと伝えた。実際に宙の姿を見たら、兄の気持ちを変えられるかもしれない。協力してくれるか？」

「はい、もちろんです！」

話はすぐにまとまり、崇佑の部屋で宙の撮影会が始まる。

とはいえ、最初から話すと自然な雰囲気にならないので、さりげなく宙が遊ぶ前にカメラをセットし、普通に遊ばせる。

「宙、先生に教えてもらったアルファベット、崇ちゃんにも聞かせてあげて」

「うん、いいよ」

真っ赤なりんごが描かれたカードを差し出すと、宙は「え〜！」と大きな声で読み上げてくれる。

どうやら英語の勉強は気に入っているようだ。

そんな愛らしい姿を、崇佑はばっちり撮影している。

そして最後に、崇佑がまたパパへのメッセージをと促すと、宙はカメラの前でポーズを取り、「パパ、いつか会いにきてね」と最後にもじもじと付け加えた。

これで、突然の撮影会は無事終了だ。

「いい映像が撮影できた。ありがとう」

「いえ、こちらこそ」

そのうち宙が喉《のど》が渇いたと言い出したので、碧はいったん席を外し、階下のキッチンへと向かった。

そこで宙のジュースを用意し、崇佑と自分のコーヒーを淹れていると、ちょうど美砂枝が通りかかり、物言いたげに碧を見つめた。

「崇佑さんは、帰っているの？」

「はい、さきほど。ご用でしたらお呼びしましょうか？」

なにげなくそう尋ねると、美砂枝は皮肉に唇の端を吊り上げた。

「殿方に色香を使って取り入ることより、宙の躾《しつけ》をきちんと優先していただかないと困りますよ」

「……はい、すみません」

反論することもできず、碧はぺこりと頭を下げる。

――めげるな、めげるな。これくらいのこと、なんでもないさ。

あからさまな嫌みをぶつけ、溜飲《りゅういん》が下がったのか、美砂枝はそのまま行ってしまったので、碧は階段を上がり、崇佑の部屋へと戻った。

すると、それまで崇佑と遊んでいた宙の姿がなかったので、一瞬慌ててしまう。

「そ、宙は？」

「大丈夫だ。さっき眠ってしまったから、私のベッドに寝かせてある」

崇佑が寝室への衝立《ついたて》をずらすと、彼のベッドですやすやと眠っている宙の姿が見えたので、碧はようやくほっとした。

「すみません、あとで起こしますから」

「よく眠っているのに、それもかわいそうだ。ベッドは広いし、今夜は一緒に寝ることにしよう」

崇佑が小声で言い、微笑むその横顔は深い慈愛に満ちている。

「せっかく淹れてくれたんだ。コーヒーをいただこう」

崇佑に促され、碧は彼の私室へと戻った。

普段は宙がいるので、いやでも賑やかなのだが、いざ二人だけになるとなにを話していいかわからない。

――崇佑さんと二人きりになると、なんだか緊張しちゃうな。

雰囲気がぎこちなくなるのがいやで、碧は必死に話題を探す。

「あの……美砂枝さんが用意してくださった本を、今いろいろ読んでいるんですけど、すごく勉強になります。特に食育！　食品添加物が身体によくないこととか、俺今まであんまり知らなくて。美砂枝さんが選んだお菓子は自然食品のお店のもので、子どもに安心して食べさせられる材料で作られてるのがわかるようになりました。最近はスーパーで買い物をする時も、後ろの原材料表示を必ず確認するようにしてるんですよ」

日々、あらたな知識を得られるのが新鮮で、碧は嬉々として報告する。

その姿を、崇佑は少し眩《まぶ》しげに見つめた。

「ど、どうしたんですか？　なにか俺の顔についてます？」

さては夕食の米粒でもついているのでは、と慌てて口元を触って確認するが、崇佑は笑って首を横に振る。

「いや、宙の世話で忙しいのに、ちゃんと勉強していて偉いと思ったんだ。きみは本当に宙を大切にしてくれているんだな。いつも感謝している」

言葉はそっけないが、それに込められた温かさに、碧は誰になにを言ってもらうよりも報われた気持ちになった。

「そんなこと……ないです。俺なんか、育児経験もなくて、宙と二人きりになった時はもう、右も左もわからなくて。いつも不安でいっぱいだったんです」

「碧くん……」

語っているうちに当時のことを思い出し、思わず目頭が熱くなる。

そして、つい日々不安に思っていることを口にしていた。

「崇佑さんに無理言ってついてきちゃったけど、宙のためには俺みたいな未熟な人間より、美砂枝さんが決めた本物のナニーに養育してもらった方がいいってことも、わかってるんです。俺、宙のためにならないことをしてるんじゃないかって、罪悪感がいつもあって……ときどき堪らない気持ちになるんです」

幼稚園でのママ友との付き合いや、見栄の張り合い合戦。

島とはまったく違う環境での、新しい生活から来る不安やストレス。

それらをずっと胸に抱え、必死に堪えてきたが、崇佑の優しい一言でもろくも崩れ落ちてしまう。

ふと気づいた時には、ぽたりと水滴が頬を伝っていて、碧は急いでそれを拳で拭った。

「あ、あれ？　おかしいな。すみません、目にゴミが入っちゃったのかも」

そう誤魔化し、照れ隠しにごしごしと目元をこすると、崇佑が手を伸ばし、それを摑んでやめさせる。

「そんなにこすったら、傷になる」

「あ……ですよね、メイクも落ちちゃうし」

そこで女装していることを、ようやく思い出す。

崇佑といると、素の自分に戻ることができるので、つい忘れてしまうのだ。

「俺……宙にとっていい保護者になりたいのに、なんの力もなくて、どうにもできなくて。そんな自分が、情けなくて……はは、ごめんなさい。崇佑さんにはいつも愚痴ばっかり聞いてもらっちゃって……。お仕事の邪魔したくないから、そろそろ部屋に戻りますね」

泣いてしまった手前、急に恥ずかしくなり、碧は急いで彼から離れようとする。

だが、崇佑はなぜか摑んだままの碧の手首を離してくれない。

「崇佑さん……？」

不思議に思い、長身の彼を見上げると、崇佑は眉を寄せ、ひどく苦しげな表情をしていた。

なぜ、そんな顔をしているのかと問い質《ただ》すより先に、ふいに強い力で抱きしめられる。

「……!?」

一瞬、これは夢かと思ったが、自分を強く束縛しているのは確かに崇佑の力強い腕だった。

「見ないから、今は思う存分泣くといい」

「崇佑さん……」

「きみは……駄目な保護者なんかじゃない。そんなふうに悩む必要なんかないんだ」

「え……？」

「私も五歳でこの屋敷に引き取られた話は、前にしたな？」

もちろんよく憶《おぼ》えているので、彼の腕の中で碧はこっくりする。

「私のナニーは優秀な人だったが、常に仕事の一線は越えず、他人行儀だった。私はいつも、この人が抱きしめてくれたらどんなにいいだろうと考えていた。千の知識を与えられるより、たった一度抱きしめてくれることの方が、どんなに大事か。宙はきみがそばにいてくれて、しあわせだと思う」

「……っ」

そんな優しいことを言われたら、困る。

ますます涙が止まらなくなってしまうではないか。

碧はぎゅっと唇を嚙み、崇佑の腕の中で声を殺して泣いた。

小刻みに震える背中を、崇佑が優しく撫でてくれて、その感触があやされているようでひどく心地よかった。

しばらくして落ち着いてくると、彼にしがみついたまま泣いてしまったことが恥ずかしくなってきて、慌てて身体を離す。

「ご、ごめんなさい。崇佑さんにはいつも甘えてばかりで……恥ずかしいです」

「私は……甘えてくれて嬉しいが」

ぼそりと崇佑が呟き、思わず「えっ?」と問い返してしまう。

「いやその……なんでもない」

自分で言って照れくさくなったのか、崇佑もそう誤魔化し、二人はなんとも微妙な雰囲気になって、ただ無言で互いを見つめ合った。

「碧くん……」

「あ、あの……俺、失礼します! 宙のこと、よろしくお願いしますね」

咄嗟にそう叫び、思わず崇佑の部屋から廊下へ逃げ出してしまう。

——はぁ、逃げちゃった……。

一人になっても、まだ胸の鼓動は激しく高鳴っていて、碧は何度も深呼吸してなんとか落ち着こうと努力する。

どうして、崇佑に触れられるとこんなふうになってしまうのだろう?

「俺……男、なのにな」

まだ恋愛経験のない碧には、これが恋だとは理解し難い。

いや、この気持ちを認めてしまうのが怖いのかもしれなかった。

それから一週間ほど、崇佑は本宅には現れなかった。

『崇ちゃん、つぎはいつくるの？』と、宙も寂しそうだ。

――もしかして、俺と顔合わせるのが気まずいから来てくれないのかな、崇佑さん。

もしそうなら、と思うと、自分が原因なので宙に申し訳ない気分になる。

だが、碧が悶々と悩んでいると、その晩崇佑はまるでそれを見越していたかのように、ようやく屋敷に顔を見せてくれた。

「しばらく来られなくて、すまなかった。ちょっといろいろ片付けなければならない用件があって」

「いいえ……来てくださって、宙が喜びます」

本当は自分もだと伝えたかったが、おこがましい感じがしてそれは呑み込む。

そんなわけで、崇佑が来てくれて大喜びの宙と共に三人で夕食を摂り、いつものように崇佑の書斎で遊ばせてもらった。

「碧ちゃ～ん、カーディガン着て～」

「また？　宙は本当にあれが好きだね」

言いながら、碧はいったん自室に例のカーディガンを取りに行き、それを羽織る。

『あれ』とはなんだろう、という顔をした崇佑が興味深げにこちらに注目しているので、碧は笑って言った。

「大きめのカーディガンを着てると､宙が中に入りたがるんですよ。大きな赤ちゃんみたいだね」

「ちがうもん、宙。もうあかちゃんじゃないもん」

頬を膨らませつつ、宙はいそいそとソファーに座った碧の膝の上にちょこんと乗る。

碧は慣れた所作でカーディガンの前ボタンを留めると、ちょうど胸元のV字部分からひょっこり宙の顔だけが覗くという寸法だ。

「わぁ、あったか〜い」

ぬくぬくしながら、宙はこちらを見ているデスクの崇佑に自慢げに言う。

「崇ちゃんもやりたいでしょ？　入れたげよっか？」

「はは、なに言ってんの。崇佑さんはお仕事で忙しいんだから、邪魔しちゃ駄目だよ」

碧は笑ってそう窘《たしな》めたが、崇佑はなぜか突然立ち上がり、寝室にあるウォークインクローゼットに入っていった。

「……崇佑さん？」

「少し待ってくれ。確かサイズが大きめのカシミアのカーディガンがあったはずだ」

「え……もしかして、やる気満々ですか？」

まさかの展開にあっけに取られているうちに、崇佑は目的の品を探し当てたらしく、黒い上質そうなカーディガンを手に戻ってきた。

そして、それを羽織るとおもむろにソファーの上に座り、自分の膝を叩く。

「よし、来い！」

「は、はぁ」

困惑げな碧がカーディガンのボタンを外し、宙を出して崇佑の元へ行かせようとしたが、崇佑と宙は揃って首を横に振る。

「きみもだ」

「碧ちゃんもだよ」

声を揃えて言われ、碧は大きな瞳を瞬かせた。

「ええっ⁉　本気ですか？」

「やるに決まってるだろう」

二人が極めて真剣なので断りづらく、いいのかなぁ、と思いつつ、碧はおそるおそる崇佑の足の間に座ってみた。

そのまま、彼の胸に背を預ける格好でもたれかかると、彼の体温が触れ合った箇所から伝わってきて、どうにも落ち着かない気分になってしまう。

「よし、次は宙だ」

「は〜い！」

どぎまぎしつつも、碧が身を委ねていると、宙はぴょんと碧の膝に乗った。

いくら大きめとはいえ、カーディガンの布地には限界があるので、三人がぴったり身を寄せ合わないとボタンが留められない。

「な、なんだか人間マトリョーシカみたいだな」

「カーディガン、伸びちゃいますよ。いいんですか？」

「ふふ、あったか〜い」

すったもんだの末、ようやく前ボタンが留められ、ミッションクリアとなる。

「しまった！　記念撮影するのにスマホを用意するのを忘れた」

「ぼく、取ってきてあげる」

一番身軽な宙がいったん離脱し、机の上に置かれていた崇佑のスマートフォンを取って戻ってくる。

宙が再び定位置に潜り込むと、崇佑は動きづらい腕を伸ばし、写真を撮った。

「よし、撮るぞ。はい、チーズ！」

「チーズ！」

二人がノリノリなので、間に挟まれた碧もつい笑ってしまい、その瞬間を逃さずシャッターが連写される。

「はは、なんか崇佑さんまで子どもみたい」

「うむ、きみ達があまりに楽しそうだったので、つい交ざってみたくなった」

この写真もアルバムに貼るといい、と崇佑はその場でプリントして宙に渡してくれた。

崇佑が、少しでも宙のいい思い出になるようにと折につけ写真を撮ってくれているのがわかって、碧はほんのり胸が温かくなった。

「それより来週末の三日間だが、休暇が取れそうなんだ」

どうやらこのところ、崇佑がいつにも増して多忙だったのは、そのせいらしい。

「それはよかったですね。普段お忙しいから、たまには骨休みしないと」

本心から思ったので、そう答えると、崇佑は少し照れながら続ける。

「その……宙も冬休みに入るだろう？　軽井沢《かるいざわ》に、うちの別荘があるんだ。よかったら三人で行かないか？」

「え……？」

思いがけない誘いに、碧は驚いた。

「あの……でも、いいんですか？」

「なにがだ？」

「なにがって……せっかくの休暇なのに、俺達を連れていったりして」

崇佑にとって、それでは休みにはならないのではないか、と気を揉んでしまった碧だが、崇佑の方はなにを言い出すのかという表情だ。

「つまらん遠慮はするな。それとも、私との旅行はいやか？」

「い、いいえ……！　その……嬉しいです」

誤解されたくなくて、つい本音を言ってしまう。

なにより、崇佑が自分達のために貴重なプライベートの時間を割いてくれようとしているのが嬉しかった。

「なら、決まりだ。男の子の服も持ってくるといい。あちらは周囲に民家もないし、知り合いもいない。久々に羽が伸ばせるだろう」

「本当ですか？」

さらなるご褒美に、碧は頬を紅潮させ、瞳を輝かせる。

「わ〜い！　崇ちゃんと碧ちゃんとお出かけだぁ！」

宙のはしゃぎようも大変なもので、その晩興奮しきった少年はなかなか寝ついてくれなかったのだった。

◇　◇　◇

『お出かけまで、あと何日？』と毎日宙が指折り数えて楽しみにしていた、崇佑の休暇がついに訪れ。

当日、三人は崇佑の車で屋敷を出発した。

旅行に備え、なんと崇佑は最新型のデジタルビデオカメラまで買ってしまい、宙を撮影する気満々だ。

「妻子のいない自分が、まさかこんなものを買うことになるとは、人生はわからないものだな」

運転しながら、崇佑が真顔でそんなことを呟くので、碧はつい笑ってしまう。

宙が幼稚園で習った歌を教えてもらい、三人で歌いながら、高速を一路ひた走る。

途中、宙がトイレに行きたくなったこともあり、サービスエリアで休憩だ。

ついでに矢ノ上邸を出る際は女装していなければまずかった碧は、ここでメイクを落とし、持参してきた男性物の私服に着替えて大きく伸びをする。

「ああ、さっぱりした！」

久しぶりに男の姿に戻り、解放感に心が弾んだ。

「わぁ、おみせがいっぱいあるね」

最近のサービスエリアは有名店などもテナントを出しており、週末ということもあってまるで物産展のような賑わいだ。

「宙、サービスエリアが初めてなんですよ。島では、そんなに遠出をしたことがなかったので」

「そうだったのか」

「碧ちゃん、ソフトクリーム！」

大好物のソフトクリームが売っている店を見つけた宙におねだりされて、碧は少し悩んだ。

「う〜ん、もうすぐお昼だし、一つ食べるとおなかいっぱいになっちゃうから、碧ちゃんと半分こでいい？」

「うん」

宙が頷いたので、碧はソフトクリームを一つ買い、少年に手渡した。

「つめたくてあま〜い」

一口食べて、宙は嬉しそうに笑い、ソフトクリームを碧に渡してくる。

「ほんとだ。おいしいね」

碧も一口食べ、再び宙に返すと、宙はなにを思ったのか、缶コーヒーを飲んでいた崇佑の元に駆け寄り、それを差し出した。

「はい、崇ちゃんも」

「そ、宙?」

二人の食べかけを崇佑に食べさせるなんて、と碧は青くなって止めようとしたが、崇佑はそれを制し、ソフトクリームを受け取る。

そして、なんのためらいもなくそれに口をつけた。

「うん、うまい。分けてくれてありがとう。宙は優しいな」

「えへへ」

崇佑にもおいしいと言ってもらえ、おまけに褒められて満足したのか、宙は嬉しそうだ。

「ママがね、おいしいものはみんなで分けなさいって言ってた」

「そうか。宙のママは偉い人だ」

大好きな母親まで褒めてもらえて、宙は得意満面だ。

「さんにんで分けるのって、なんて言うの? さんぶんこ?」

そして、真顔でそう尋ねるので、碧と崇佑は顔を見合わせ、思わず笑ってしまう。

「三分こか、いいアイディアだぞ、宙」

口元をべたべたにしながら、無心にソフトクリームを頬張る少年を見つめ、碧は崇佑に囁く。

「あの……ありがとうございました」

宙の気持ちを汲《く》んでくれたことに感謝すると、崇佑は首を横に振った。

「いや、礼を言われることはなにもない。私も嬉しかったからな」

「崇佑さん……」

「宙と出会ってから、不思議な感情が増えた。今まで知らなかったが、これが心が温かくなるということなのかもしれない」

それから彼らは再び車を飛ばし、昼前には軽井沢に到着した。

「軽井沢というと夏のイメージだが、冬でもいろいろ楽しめるところがあるらしい」

あらかじめ調べてきてくれたらしく、崇佑が選んだ場所へ連れていってくれる。

そこは親子で楽しめる室内ロッククライミング施設や、体験工作ができる教室などのアクティビティーが充実している施設だった。

まずは、国産のヒノキなどを使い、子どもが安全に遊べる玩具《おもちゃ》を自分達で作れる工作の体験教室に参加してみる。

木材を素材としたクリップやマグネットなど、さまざまなものが作れるらしいが、今回は宙が興味を持った組み立て式の車を作ってみることにした。

親子で参加できるので、わいわいと作業できてとても楽しい。

完成した玩具の車はなかなかの出来映えで、宙も初めての体験とお気に入りの玩具がもらえて大喜びだ。

仕事で多忙だったはずなのに、宙と一緒に楽しめるイベントを調べ、あれこれ計画を練ってくれたのだと思うと、碧は崇佑に深く感謝した。

それから少し遅くなった昼食を近くのレストランで摂り、車で湖や森などを観光して回る。

夕方になり、今夜は崇佑がビーフシチューをご馳走《ちそう》してくれるというので、彼らはスーパーで必要な食材を仕入れてから矢ノ上家の別荘へ向かった。

軽井沢銀座《かるいざわぎんざ》や人の多い観光地から少し離れた山の麓《ふもと》に、その建物はあった。

築年数はそれなりに経っているようだが、かなり敷地も広く、立派な外観だ。

崇佑が言っていた通り、すぐ近くには民家がなく、森に囲まれた周囲はひっそりと静まり返っていた。

「わぁ……素敵な別荘ですね」

「最近使ってなかったんだが、管理人さんが掃除をしておいてくれたから、すぐ使えるようになっているはずだ」

その言葉通り、中に入ってみると電気も水道も通じていて、室内も綺麗に清掃ずみだった。

吹き抜けの高い天井になっていて、一階には広々としたリビング、二階には書斎と寝室などがある。

家具は北欧の有名メーカーのウッドテイストのもので統一されており、落ち着いた雰囲気だ。

都内の本宅の豪華さもさることながら、別荘はここ一つだけではなく、海外にもあるというのだから驚きだ。

「私は料理を作るから、きみは寝室の用意と宙を頼む」

「わかりました」

大人二人で車のトランクから荷物を室内へと運び込み、はりきる崇佑がさっそく夕食の支度に取りかかったので、碧も宙と共に今夜休む寝室のベッドカバーを剝《は》がしたりと作業する。

「今日は崇ちゃんがごはんつくるの？　おりょうりできるの？」

「碧ちゃんも初めてご馳走になるから、楽しみだね」

二人でわくわくしながら、崇佑の料理の完成を待つ。

「二人とも、できたぞ」

「は～い！」

崇佑に呼ばれ、急いで階下へ下りていく。

普段自炊はほとんどしないという崇佑だったが、なかなかの手際のよさで瞬く間にテーブルの上に料理が並ぶ。

たくさんの海老《えび》がのったサラダにビーフシチュー、見学に行った牧場で買ったチーズにバゲットという夕食が始まる。

「わ、シチューすごくおいしいです！」

「おいしい！　崇ちゃんはおりょうりじょうずだね」

「はは、お褒めにあずかり光栄だ」

口ではそう茶化《ちゃか》したものの、崇佑も嬉しそうだ。

楽しい夕食が終わり、作ってもらったからと、片付けは碧が引き受け、その間に崇佑が宙を連れて入浴をすませる。

最後に碧がシャワーを浴びたが、男性用の寝間着は島から持ってきていなかったので、崇佑が自分のパジャマを貸してくれた。

高級そうなシルク製で、肌触りがとても滑《なめ》らかで着心地がいい。

とはいえ、体格差があるので裾と袖が余ってしまい、何回か折り返してようやく格好がつく。

そうしてリビングから戻ると、ガス製の立派な暖炉の前では宙が崇佑の膝の上に乗り、話をしていた。

「あのね、宙は碧ちゃんのこと、とってもだいすきなんだよ」

「そうか、私もだ。私も宙と碧くんのことが大好きだぞ」

「ふぅん、そしたら、ちょっとだけ碧ちゃんかしてあげるね。でものこりは宙のだからね？　わかった？」

「ああ、わかった。ちょっとだけだな」

――ふふ、いったいなんの話をしてるんだか。

知らないところでちょっとだけ分けられてしまった碧は、そのやりとりに思わず笑ってしまう。

だが、次に続いた言葉に、ふとその笑みが消えた。

「崇ちゃんはとくべつだから、ちょっとだけ碧ちゃんあげるんだから、だいじにしてね」

「ああ、大事にする。とてもとても大事にするよ。もちろん、宙もだ」

極めて真面目に崇佑がそう応じると、宙は照れた様子でえへへと笑い、彼の首にしがみついてぷくぷくの頬をぐりぐり押しつけた。

それは宙の『大好き』という愛情表現なのだとよく知っている碧は、なんだか胸が熱くなる。

碧が戻ると、宙は今度は碧に甘えてその膝に乗りたがった。

が、何分もしないうちにこくりこくりと船を漕ぎ出し、あっという間に静かになる。

「ふふ、電池切れだ」

膝にしがみつくようにして眠っている宙の髪をそっと撫でながら、碧が呟く。

「電池切れ？」

「ええ、全開で遊んでて、エネルギーを使い果たしちゃうと突然電池が切れたみたいにパタッと眠っちゃうから、そう呼んでるんです」

「なるほど、言い得て妙だな」

「今日はたくさん遊んで楽しかったから」

ぐっすり眠り込んだ宙が起きそうになかったので、崇佑がそっと抱き上げ、寝室のベッドに寝かせてくる。

その後、二人は示し合わせたわけでもないのに暖炉前に集い、崇佑はワインを、碧は蜂蜜《はちみつ》を入れたジンジャーティーを飲み始めた。

「幼稚園に通い始めてから、宙のこんな笑顔を久しぶりに見たような気がします。ずっと気になってたけど、やっぱりまだうまくこっちの環境に馴染めていないのかも」

そこで碧は、なかなか屋敷では口に出せなかった、ずっと胸に秘めていた不安を語り出す。

周囲の生活レベルが高く、ずっと島で質素な生活をしてきた自分達にはギャップが大きかったこと。

美砂枝が要求する、高度な教育が果たして宙に合っているのかどうかということ。

そして早くも、今の幼稚園からエスカレーター式で私立小学校への受験を示唆されていることなどを相談する。

まだ人生経験の浅い碧には判断できないこともあり、崇佑の意見が聞きたかった。

ひと通り碧に好きなように語らせてから、崇佑が口を開く。

「私も、同じ道を辿っているからな。私立の中でも名門中の名門だからだろう。私の進路はすべて義母が決めて、逆らうことは許されなかった。不甲斐ないと思うか？」

「いいえ……そんなこと」

崇佑が自嘲《じちょう》気味に言うので、碧は慌てて首を横に振る。

「ああいう人だが、生《な》さぬ仲の愛人の子だった私を引き取って育ててくれた。彼女がそう望むなら、従おうと思ったんだ」

「崇佑さん……」

「少し酔ったかな。すまない、つまらない話を聞かせてしまった」

「そんなこと……ないです。話してくれて、嬉しかった」

「碧くん……」

なにげなく本心が口を衝《つ》いて出てしまい、崇佑にじっと見つめられたので、なんだか照れてしまう。

「だが、宙に関しては別だ。私は宙の希望をできるだけ叶えてやりたい。なにが宙にとって一番いい選択なのかを、これから先一緒に考えていこう」

「はい」

その言葉がなにより嬉しくて、碧は笑顔で頷いた。


その晩は碧と宙がゲストルームで、崇佑がメインベッドルームで休み、翌朝も早くから観光に出かけた。

一日楽しく遊び、夜になるとまた別荘に戻って三人で一緒に食材を切ったりして、テラスで豪華なバーベキューの支度を整える。

その日軽井沢はかなり冷え込み、昼間からちらちらと雪が降ってきたが、彼らが夕食を摂る時刻には庭にかなり積もっていた。

「わぁ、雪だ雪だ！　すごいね」

今まで雪を見たことがなかった宙は、もう大はしゃぎだ。

寒いので少しだけと時間を決めて、庭で雪合戦をした。

もちろん、崇佑は観光中もずっと回し続けていたビデオカメラで、宙を撮影しまくっている。

楽しい時間は本当にあっという間で、碧はもう二日終わってしまったんだと、あらためて愕然とした。

――こんなに崇佑さんとずっと一緒にいたの、初めてだな。

二人が屋敷に来てからは、できる限り時間をつくってくれている崇佑だが、やはり仕事で多忙なので、丸一日どころか三日も一緒に過ごすのは初めてだ。

――東京、帰りたくないな。

このままずっとここで、三人で暮らせたら。

つい、そんなありえない妄想を抱いてしまう。

「もう明日かえるの？　つまんないな、もっとこっちにいたいよ」

どうやら宙も同じ気持ちらしく、食事をしながらそんなことを言い出す。

「我が儘言わないの。たくさん遊んだだろ？」

「は〜い」

碧に窘められ、宙は熱々のソーセージにかぶりつく。

雪合戦でおなかが空いてしまったようで、旺盛《おうせい》な食欲を見せている。

――本音を言えば、俺だって帰りたくないよ。

少年のように口に出して言えない碧は、心の中でそっと呟く。

こちらでは久しぶりに男の姿に戻れたので、のびのびと過ごすことができた。

東京に戻れば、また厳格なしきたりに縛られる窮屈な矢ノ上家での偽りの生活が待っている。

自分のことはともかくとして、また宙が元気をなくしてしまうのではないかと、それがなにより気がかりだった。

夕食の後片付けを二人で手分けして終え、さてそろそろ荷作りでも始めるかと考えた、その時。

突然電灯が消え、室内が暗闇に包まれた。

「え……停電？」

「碧ちゃん、どこ？　こわいよ」

「ここだよ、ほら」

なにも見えないので、怯えて騒ぐ少年を手探りで見つけ、安心させるために抱きしめてやる。

「確か、防災用のロウソクと懐中電灯があるはずだ。探してくる」

「は、はい」

スマートフォンのライトを頼りに、崇佑の足音がいったんリビングから遠ざかっていく。

その間、下手《へた》に動くと危ないので、碧は宙を抱きしめたままじっと待ち続けた。

暗闇の中での探し物は、時間がかかったのだろう。

ようやく崇佑が懐中電灯を点《つ》けて戻ってきたので、ほっとする。

「どうやら雪の重みで断線があったらしい。今夜中の復旧は難しいようだ」

スマートフォンで情報を検索し、崇佑が告げる。

「そしたら、一晩このままですか？」

「そういうことになるな。暗いのはいいとして、暖房なしで過ごすのはきついな」

とはいえ、矢ノ上家の別荘には立派な暖炉があるので、これを使おうということになり、崇佑が裏庭に保管されている薪《まき》を取ってくると言い出した。

「俺も手伝います」

「ぼくもいっしょに行く！」

一人で置いていかれてはたまらないと思ったのか、宙も碧にしがみついたまま、そう主張する。

「よし、皆で行こう。転ばないように手を繋ぐぞ」

「はい」

話はまとまり、三人とも外は寒いので、しっかり上着を羽織る。

まず懐中電灯を翳《かざ》した崇佑を先頭に、間に宙を挟み、最後尾が碧で慎重に歩き出す。

雪が積もっているので、足元が滑りそうで怖かった。

別荘の敷地が広いので、建物の裏口から外へ出たが、裏庭の保管庫までがまた遠い。

別荘は高台にあるので、眼下の民家や建物を見下ろしたが灯《あか》りはなく、すべてが暗闇に包まれていた。

「真っ暗ですね」

「ああ」

「でも、すごく星がきれいだよ。見て！」

少年の声に、二人はそれまで気にしていなかった頭上を見上げる。

すると、宙の言う通り、灯りがない分、いつもよりも星の瞬きが輝いて見えた。

「本当だ」

「わぁ、綺麗だね……」

突然の災難に見舞われたことも忘れ、三人はしばし天空を仰ぎ、その美しさに見とれる。

とはいえかなり寒かったので、短い期間でも震え上がってしまった。

「さむい〜」

「寒いね」

碧は、宙の小さな両手を自分の手の中に包み込んで温めてやる。

その間に崇佑が保管庫の鍵を開け、薪を運び出してきた。

それを三人で手分けして抱え、中へ戻る。

一階の大広間にあるのはガス暖炉だが、二階の書斎には古い暖炉があり、三人はその部屋へ移動した。

「この暖炉を使うのは久しぶりだ」

小さな暖炉に薪を放り込みながら、崇佑が言う。

薪を使う暖炉は煙が出たり、手入れに手間がかかったりして大変なので、だいぶ前から使わなくなったようだ。

だが、電気やガスが止まってしまった災害時などの暖房器具としては、非常に助かる。

初めて見る光景が珍しく、碧と宙はその作業を興味津々で見守った。

着火し、めらめらと炎が広がっていくと、短い時間ですぐ暖かくなってくる。

「あったかいね」

「そうだね」

炎に手を翳し、宙と碧はにっこりした。

崇佑があちこちに炎を灯したキャンドル立てを置いてくれたので、かろうじて灯りも確保できた。

「なんだか幻想的な雰囲気だな」

「ほんと、童話の世界に入り込んだみたいですね」

キャンドルの灯りには、なんだかほっとする癒《い》やし効果があるようだ。

暖を取るため、今夜はここで三人で眠ることになり、寝室から毛布や羽毛布団などを運び込み、暖炉の前に寝床をつくった。

「うれしいな、崇ちゃんと碧ちゃんといっしょにねるの、はじめて！」

「そうだね」

停電はとんだハプニングだったが、こんなに宙が喜んでくれているなら、いい思い出になるかな、と考える。

「幼稚園のおひるねみたいだね」

最初ははしゃいでいた宙だったが、昼間の遊び疲れが出たのか、二人の間に挟まれ、ことりと寝入ってしまう。

そのしあわせそうな寝顔を眺めているだけで、自分は世界一のしあわせ者だと実感できた。

この子の笑顔を見るためなら、なんでもできるとすら思える。

「宙、寝ちゃいましたね」

「そうだな」

崇佑も、安らかな寝息を立てている宙をじっと見つめている。

その眼差しには、溢れるほどの慈愛が含まれていた。

「本当に子どもはすごいな。大人は突然の停電に慌てるだけだが、まったく違う視点でものを見ている。見習わないといけない」

「そうですね」

「子どものいる生活というのは、こんなにも賑やかで面白いものなんだな。こちらは、ややパワー不足でバテ気味だが、日々新しい発見があって楽しい」

「俺も宙と暮らし始めた頃、同じことを思いました。今ではもう、宙のいない暮らしなんて考えられないくらいです」

　なにげなくそう同意すると、なぜか崇佑が沈黙する。

「すまなかった」

「え、なにがですか？」

　唐突な謝罪に、碧は目を丸くした。

「最初、私は義母の言いなりに、無情にもきみたちを引き裂こうとしていた。なんて無慈悲なことをしようとしていたのか、今になってその罪深さが実感できた」

　真面目な崇佑は、どうやらずっとそのことを気にしていたらしい。

　なので、碧は慌てて両手を横に振った。

「そ、そんなこと、気にしないでください。だって、崇佑さんは俺のムチャを聞いてくれたじゃないですか。自分にも累が及ぶのを覚悟の上で。俺、本当に感謝してるんです」

「碧くん……」

「お陰で宙のそばにいられて、おまけに高額な報酬までいただけるんですから、文句なんか言ったらバチが当たりますよ」

わざとおどけてそう言うと、崇佑がふと微笑む。

「たおやかな見かけによらず、きみは強いな」

「そうですか？　もしそうだとしたら、亡くなった姉の分まで、宙をしあわせにしなくちゃっていう思いが、俺を強くしてくれてるんだと思います」

宙を育ててみて、甥っ子でもこんなに可愛い、愛しいと感じるのだ。

実の母親だった姉が、どれほど宙を愛していたか、あの若さで宙一人を残して逝かねばならなかったことが、どれほど無念だったか、痛いほどよくわかる。

だからせめて、姉の代わりに、自分にできるだけのことを宙にしてやりたかった。

それがなによりの、碧の願いだった。

そんな思いを崇佑に伝えると、ふと、目と目が合って。

崇佑の端正な美貌に暖炉の炎の影が揺れ、その美しさに思わず見とれてしまう。

なぜ、なにがどうしてそうなったのかは、今思い返してみても定かではない。

ふと気づいた時には、間で眠る宙の上から身を乗り出すように、目近まで崇佑の顔が迫っていて。

碧も無意識のうちに瞳を閉じ、それを迎えていた。

二人の唇が重なり、そっと離れる。

短いキスのあと、一瞬互いを見つめ合った二人だったが、すぐほぼ同時に視線を逸らす。

「……おやすみ」

「お、おやすみなさい……」

ぎこちない挨拶を交わし、碧は寝たふりをして毛布の中で息を殺す。

なぜ、キスを拒まなかったのだろう。

少なくとも、冗談めかしてかわすことは可能だったはずだ。

――今のキスは、いったいなんだったんだろう……？

崇佑は、碧が同性だということをよく知っているはずだ。

――なんでもない。別に意味とかなくて、軽い気持ちなんだよ、きっと。

崇佑にとっては、きっとペットにするようなものなのだろう。

そう自分に言い聞かせるが、なかなか胸の動悸《どうき》は収まらなかった。

恋人いない歴イコール年齢の碧にとって、恋愛の機微のようなものは到底理解不能で、ひどく難解に思えた。

◇　◇　◇

こうして楽しかった軽井沢での休暇はあっという間に終わりを告げ、東京に戻った彼らは再び日常の生活に戻った。

まとまった休みを取ったせいか、崇佑は仕事が忙しいらしく、次に屋敷を訪れると連絡があったのは五日ほど経ってからだった。

次の週末も、接待ゴルフがあるらしいが、その帰りに寄るという内容のメールを受け取り、碧の心は弾む。

――日曜には、また崇佑さんに会える。

そう思うだけで、日々美砂枝に冷たくあしらわれても耐えられた。

崇佑が来る日を指折り数えて待ち、ついにその日が訪れる。

夕方近くになって、いつものように愛車で屋敷を訪れた崇佑は、ゴルフ帰りのせいか、今日はラフなポロシャツに白のVネックセーターというスポーティーな出で立ちだ。

そんなラフなスタイルもよく似合っていて、思わず見とれてしまうほど素敵だった。

「あ……その服……」

見覚えのあるセーターに、碧が彼を見上げる。

それは、三人で銀座に買い物に行った時、碧が崇佑のために見立てたセーターだった。

「取引先の社長夫人に、似合うと褒められたよ。きみはセンスがいいな」

「そ、そんなこと……」

思っていた以上に崇佑にぴったりで、なんとなくドキドキしてしまう。

「しばらく寄れなくてすまなかった。宙は？」

「今、部屋で家庭教師の方とお勉強中です」

小田原《おだわら》のゴルフ場に行っていたということで、土産の蒲鉾《かまぼこ》などを渡され、碧は礼を言ってそれを受け取る。

「お忙しいのにわざわざ寄ってくださって、ありがとうございます」

嬉しくて、つい笑顔でそう言うと、崇佑はなぜかそのまま碧の手を取り、廊下の隅に移動した。

「あの、崇佑さん？」

なんだろう、と思っているうちに人目につかない場所へ連れ込まれ、あっという間に抱きしめられてしまう。

「あ、あの……」

突然のことにどぎまぎする碧に、崇佑は腕の力を緩めずにその耳元で囁く。

「……会いたかった。ずっときみを、こうしたかった」

「崇佑さん……」

やはり、あの晩のキスには意味があったのだろうか。

胸の鼓動は高鳴り、今にも口から心臓が飛び出してしまうかと思うほどだ。

抵抗できず、されるがままになっていると、崇佑がそのままの姿勢で続ける。

「明日から香港《ホンコン》に出張で、今日を逃すと来られるのが先になりそうなんで寄ったんだ」

「そ、そうだったんですか。気をつけて行ってらしてくださいね」

頬が熱く、崇佑の顔を正視することができず、碧は俯いたまま告げる。

恋愛慣れしていない碧は、こういう時どうしていいか、皆目見当がつかなかったのだ。

本心では、嬉しい。

けれど、どうふるまっていいのかわからない。

ぐるぐるとそんなことを考え、身を硬くしていると、ようやく崇佑が離してくれたが、二人の間に多少気まずい空気が流れる。

「そうだ、来月は宙の誕生日があるだろう？　三人でお祝いしよう。レストランで食事してもいいし、またどこか近場で旅行するのもいい」

その空気を紛らわすように、崇佑が話題を変えてそう提案してきたので、碧もようやくほっとして顔を上げた。

「いいんですか……？」

「もちろんだ。そこで宙へのプレゼントだが、なにか欲しがっているものはないか？」

「幼稚園のお友達が持っている、携帯ゲーム機が欲しいみたいなんですけど、美砂枝さんが……」

躾に厳しい美砂枝は、ゲームなどとんでもないと宙に買い与えることを許してくれないのだ。

「よし、わかった。私からも交渉してみよう」

崇佑がそう言ってくれたので、二人で連れ立ってリビングへと向かう。

今日はたまたま美砂枝が在宅していたので、ちょうどよかった。

「あら、崇佑さん。いらしてたの」

美砂枝はリビングで花を活《い》けていて、その手を止める。

そこへ崇佑の来訪を知った里奈が、三人分の紅茶を淹れてきてくれたので、美砂枝と差し向かいでお茶を飲むことになった。

「お義母さん、来月の宙の誕生日のことなんですが」

崇佑が、頃合いを見計らって美砂枝にそう切り出す。

勝手にものを買い与えることは義母から固く禁じられていたので、誕生日なら宙の欲しがっているゲームをあげてもいいだろうと踏んで、満を持しての交渉だった。

だが、話を切り出す前に、義母はじろりと二人を睥睨する。

「そんなことより、あなた達、いったいいつになったら結婚するんです？」

「……え？」

唐突な追及に、二人は思わず顔を見合わせる。

「え？　じゃありませんよ。二人で堂々と婚前旅行したり、こうも公然と交際していることを隠さないと、使用人達の手前示しがつきません。さっさとお式の日取りをお決めなさい」

「……いや、まだ私達は付き合い始めたばかりで、そういう段階では……」

「そ、そうです！　まだナニーとして一人前になれていないのに、結婚だなんてとても……」

二人は必死に言い訳を探すが、美砂枝は引き下がらない。

「結婚前の男女が、一つ屋敷に暮らしているだけでもけじめがつかないんですよ？　主人も反対していないし、時代が時代ですからとやかく言うつもりはありませんが、使用人と交際するなんて矢ノ上家始まって以来の珍事じゃないかしら」

暗に身の程をわきまえろと示唆され、碧は唇を噛んで俯く。

なにより、宙の誕生日を『そんなこと』扱いでスルーされたことがつらかった。

「まぁ、言いたくはないけれど、お家同士の釣り合いというものがありますからね。庶民から嫁ぐ娘さんは後々苦労することになるでしょうし、あなたも矢ノ上家に嫁ぐ覚悟がないなら、早々に別れた方がお互いのためなんじゃないかしら」

――やっぱり美砂枝さんには、よく思われてないよな……当然か。

この上、本当は男で、しかも跡取り息子の失踪原因をつくった憎い女の弟だとバレてしまったら、と想像するだけでぞっとする。

するると突然、崇佑が立ち上がった。

「家柄なんて、関係ありません。たとえどんな名門のご令嬢より、私は葵さんを選びます。なにがあっても、自分の伴侶《はんりょ》は自分で決めます」

「崇佑様……」

普段あまり自己主張をしない崇佑の宣言に、美砂枝も顔色を変えたが、やがて苦々しげに吐き捨てる。

「……勝手になさい。とにかく、結婚する気がないなら、早急にナニーを替え、葵さんにはこの屋敷から出ていっていただきますから、そのつもりでいるように」

それだけ言い置き、美砂枝は憤然とリビングをあとにしてしまった。

「……俺のせいで、すみません」

「きみが謝る必要はない。こちらこそ、義母の暴言を許してほしい」

そう言って、崇佑が潔く頭を下げる。

「いいんです。仮に俺が本当の女性だったとしても、身分違いっていうのは本当のことだし」

改めて口に出してみると、なぜだかズキリと胸が痛む。

——ヘンだな。どうして、こんなにつらいんだろう……?

女性になりきって生活しているうちに、少し感覚がおかしくなっているのかもしれない。

だって、自分は男なのだから、崇佑の本当の恋人になれるはずがないのに。

わかっていても、胸が軋《きし》む。

「そ、それより本当にクビにされたら……どうしようって心配しないとですよね」

せっかく宙のそばにいられるようになったのに、と碧は唇を噛む。

すると、崇佑はなにを思ったのか碧の腕を取り、窓際へと移動した。

そこで、しばらく逡巡《しゅんじゅん》した末、やっとの思いといった様子で切り出す。

「その……こうなったら宙と一緒に、私のマンションに来ないか？」

「え……？」

「私はきみ達と、一緒に暮らしたい」

重ねて言われると、

「で、でもそれじゃ……崇佑さんにばかり負担をかけてしまいます。それに、崇佑さんがご自分の家族を持つ時に、俺達がいたら……」

「碧」

混乱し、言い募るうちに初めて本当の名前を呼び捨てにされ、碧はびくりと反応する。

「もう私の気持ちは、わかっているはずだ。本当はもっと早くそうしたかったが、なかなか切り出せなかった」

「崇佑さん……」

痛いほど真摯《しんし》な眼差しに、思わず息が止まる。

彼に見つめられると、目線を逸らせなくなってしまう。

「男の子だとわかっているのに、きみに恋してしまった。こんなことは初めてで……しばらくは自分でもなかなか受け入れることができなかった。だが、こうなったのは、今は運命だと思っている。きみも、真剣に考えてくれないか」

崇佑が本気で言っているのはひしひしと伝わってきたので、碧はなにも言えなくなってしまった。

――これってプロポーズ……だよね？

本音を言えば、嬉しいと感じている自分がいる。

だが、これで本当にいいのかと迷う自分がいるのも、また事実だった。

真面目な崇佑のことだ。

宙を引き取ると決めたからには、養子縁組等を考えているだろう。

――でもさ、そうしたら崇佑さんは結婚してないのに、いきなり子持ちになるわけで……。

自分達は、彼の人生の重荷になってしまうのではないだろうか？

今まで、彼に惹《ひ》かれていく自分を認めるのが怖くて、向き合えなかった。

恋愛経験のない碧でも、もはやこの気持ちが恋だと認めざるを得ない。

だが、男の自分と恋愛するのは、崇佑にとってマイナスでしかないはず。

碧が迷うのは、彼にとって足枷《あしかせ》になりたくないという思いが強いからだ。

思い切って彼の腕に飛び込んでしまいたいという思いと、そうしてはいけないという相反する思いに引き裂かれそうになる。

「碧……」

ゆっくりと、崇佑の端正な美貌が迫ってきて。

つられて瞳を閉じ、口付けを受け入れてしまいそうになる。

だが、すんでのところで碧はその誘惑を退け、咄嗟に顔を背けていた。

――駄目だ。俺のせいで、この人まで不幸にするわけにはいかない。

姉のことで、既に崇佑の兄の人生を台無しにしてしまっているのだ。

その上、崇佑まで巻き込んでしまうなんて、到底できなかった。

「碧？」

「……ごめんなさい。俺、崇佑さんのことをそういうふうには見られません」

必死の思いで、偽りの言葉を口にする。

すると、崇佑の手から力が抜けた。

そこですかさず距離を取り、無理に笑顔をつくって碧は言った。

「宙のこと、真剣に考えてくださって本当に嬉しいです。でも宙の将来に関わることなので、もう少し考えさせてもらってもいいですか？」

「……ああ、もちろんだ」

普段あまり感情を見せない崇佑だが、碧の拒絶が相当にショックだったのか、血の気を失っている。

「なんというか……すまない、私の独《ひと》りよがりだったようだ。きみも同じ気持ちでいてくれるのではないかと、勝手に自惚《うぬぼ》れてた」

「崇佑さん……」

独りよがりなんかじゃない、あなたのことが好きです。

心の中でそう叫ぶが、口に出すことはできなかった。

「……とにかく、私は明日から出張で三日間香港に行ってくる。戻ったら、また様子を見に来るから」

「……わかりました」

宙の顔を見てから帰るから、と碧の顔を正視せず、崇佑が部屋を出ていく。

独り残された碧も、緊張が一気に解け、思わずその場にへたり込んでしまいそうになる。

崇佑があんなに真剣に求愛してくれるなんて、夢にも思わなかった。

たとえようもなく嬉しかったが、その本心は永遠にこの胸だけにしまっておかねばならない。

——これで、よかったんだよね？

こうするのが、一番いい方法なのだ。

なにより自分は、あの人には釣り合わないし、ふさわしくない。

崇佑が宙を引き取ってくれるなら、こんなにありがたいことはないが、そうなるとたとえ通いで宙の面倒を見ることになっても、彼と顔を合わせ続けることになる。

お互い気まずい思いをするくらいなら、やはり宙には自分以外のナニーを探した方がいいのではないかと思った。

だが、それは彼らとの別れを意味する。

想像しただけで、半身をもぎ取られるような寂しさが碧を襲う。

いつのまにか、彼らがこんなにも大切な存在になっていたなんて。

だが、この痛みに耐えねばならないのだ。

碧は涙を堪え、ただひたすら宙と崇佑のしあわせだけを祈っていた。

そして、翌日。

碧はいつものように、車で宙を幼稚園まで送迎した。

「じゃあね、いってきまぁす!」

元気に手を振り、園庭を駆けていく宙を見送り、碧はため息をつく。

――崇佑さん、もうそろそろ香港に着く頃かな。

崇佑は、今頃機上の人となっているはずだ。

彼が戻る明後日までには、宙の今後を決めねばならない。

と、その時、碧はどこかから視線を感じ、振り返る。

だが、周囲にいるのは同じように園児を送りに来た母親ばかりで、こちらを注視している人物は見当たらなかった。

――気のせいかな？

不思議に思いつつも車に乗り込み、矢ノ上邸へと戻る。

すると正門をくぐるなり、慌てた様子の里奈が出迎えに来た。

「ただいま戻りました」

「ああ、葵さん。奥様が、戻ったらすぐ来るようにっておっしゃってるわ。急いだ方がいいわよ。なんだかお怒りになってるみたい」

「……わかりました」

また崇佑とのことで小言を食らうのかも、と内心覚悟しながら美砂枝の待つリビングへと急ぐ。

「お呼びと伺ったのですが、なんでしょうか？」

おずおず声をかけると、まるで能面のような無表情でソファーに腰かけていた美砂枝は、碧に厳しい視線を向ける。

「主人のゴルフ仲間に、あなたが履歴書に書いていた女子大の理事長がいらっしゃるんですよ」

冷ややかに言って、美砂枝がテーブルの上に放り投げたのは、碧が提出した偽りの履歴書だった。

「なんとなく様子がおかしいと思ったので、あなたの履歴書を見せて調べてもらったら、そんな名前の卒業生はいないとの返事でした。現住所も学歴もでたらめ。こんな人物は実在しないことがわかりましたよ。これはいったいどういうことなんですか？」

「それは……」

ついに、バレてしまった。

突然のことに言い淀《よど》む碧に、美砂枝はさらに追い打ちをかけてくる。

「崇佑が、信頼できる筋から紹介された人だからと言うから、信用してあなたを採用したんですよ？　これは崇佑の差し金なの？」

「違います！　崇佑様はなにも悪くありません。私が……いえ、俺が無理やり頼み込んだんです」

こうなっては、もうすべてを打ち明け、謝罪するしかない。

「……改めて、自己紹介させていただきます、神崎碧です。俺は神崎瑞穂の、弟です。どうしても宙のそばにいたくて、こんなことをしてしまいました。申し訳ありません……！」

ほかに為す術がなく、碧は深々と頭を下げて謝罪する。

だが、当然それで美砂枝の怒りが収まるはずもない。

「まぁ、なんてことなの、雇ったナニーが男だったなんて……！　ま、まさか崇佑をおかしな関係にたらし込んだんじゃないでしょうね⁉」

「ち、違います、崇佑様とはそんな関係ではありません」

崇佑を悪く思われたくない一心で必死に否定するが、美砂枝は冷たい一瞥《いちべつ》をくれるのみだ。

「とにかく、あなたにはすぐに辞めていただきますから、そのつもりでいてください。本当なら詐欺罪で告訴してやりたいところですが、矢ノ上家の名に傷がついては困るので不問に付してあげます」

こうなってしまった以上、この屋敷に置いてもらうのはもう無理だ。

「……わかりました。今までお世話になりました。いただいたお給料はお返しします」

深々と頭を下げ、そう告げる。

偽名を使っているので、口座振り込みにしてもらうことができず、碧は毎月の給料を現金で受け取っていた。

それは部屋に保管してあるので取りに行こうとすると、美砂枝に遮られる。

「そんなはした金、手切れ金代わりにくれてやりますよ。その代わり、今後二度とうちの宙に近づかないでちょうだい。さぁ、今すぐ荷物をまとめなさい」

その言葉に、碧は青ざめた。

「待ってください、せめて一言、宙にお別れだけでも……」

「まぁ、図々《ずうずう》しい！　この期《ご》に及んでまだそんな厚かましいことを言えるなんて、さすが真之をたぶらかした女の弟だこと」

吐き捨てるように罵倒《ばとう》され、碧はそれ以上なにも言えなかった。

既に女装する必要のなくなった碧は男の姿に戻り、美砂枝の監視の下、急《せ》き立てられながら少ない荷物をまとめる。

考えた末、崇佑に買ってもらった高価な衣装はそのままクローゼットに置いていくことにする。

せめて宙に手紙だけでも残させてほしいと懇願したが、聞き入れてもらえず、そのまま文字通り玄関先からまるで野良犬のように追い立てられてしまう。

手荷物一つで放り出された碧は、路上で途方に暮れた。

東京に知り合いなどいないし、行くあてなどあるはずもない。

唯一の頼りである崇佑は、まだ香港の空の下だ。

――いや、駄目だ。もう崇佑さんをあてにしちゃ。

彼の想いを退けてしまったのだ。

今さらあの人に頼れるはずもない。

結局碧は、ほとんど無意識のうちに宙の通っている幼稚園へと足を向けていた。

普段車で通い慣れた道を、地下鉄とバスを乗り継いで向かう。

そろそろお迎えの時間なので、新しいナニーが来るまでは、おそらく宙の送迎は里奈が代わりに担当するはずだ。

碧は彼女に懇願し、宙に一目会わせてもらおうと考えたのだ。

宙に会いたい一心で幼稚園に到着し、少し遠目の歩道から次々にやってくるお迎えの車の列を観察する。

そして物陰に身を隠し、目を皿のようにして必死に宙を探す。

——いた……！

いつものようにお迎えを待つ宙が、友達とはしゃぎながら歩いてくるのが見えた。

と、そこへ見覚えのある高級外車が滑り込み、碧は身を硬くした。

矢ノ上家の車だ。

路肩に停車すると、運転席から里奈が降りてくる。

ほっとして声をかけようとしたが、里奈が急いで後部座席のドアを開けたので、碧は上げかけた手を止める。

後部座席から降りてきたのは、和服姿の美砂枝だったのだ。

美砂枝がなにごとかを里奈に命じ、里奈が宙を出迎えて手を繋ぐ。

その間、美砂枝は予断なく周囲の様子に目を配っていた。

明らかに、自分が宙を連れ去ることを警戒している様子に、碧は絶望する。

――宙……！

こんなに近くにいるのに、為す術もなくただ宙を見送ることしかできない。

なぜ碧が迎えに来ないのか、と不思議そうな宙だったが、里奈にうまく言いくるめられたのか大人しく後部座席に乗り込む。

車が走り去るまで見送って、宙はのろのろと重い足取りで歩き出した。

これからいったい、どうしたらいいのだろう？

島に帰るしかないのだが、宙に別れを言うまでは帰りたくない。

さいわい高額な給料は使う暇がなく、ほとんど手つかずで残っていたので、しばらくこちらに滞在することはできる。

とにかく今夜の宿を探そうと、碧は幼稚園のある最寄り駅までバスで引き返した。

何日の長期戦になるかわからないので、なるべく安いカプセルホテルを探し、チェックインする。

明日、また幼稚園に行ってみよう。

美砂枝が来るのは今日だけかもしれないし、チャンスは巡ってくるかもしれない。

そんな一縷の望みに、縋《すが》るしかなかった。

食欲はなかったが、無理やりホテルの近くの食堂でそばを流し込み、共同浴場で風呂に入って浴衣に着替える。

カプセルホテルに泊まるのも初めてで、まるで蜂の巣のような構造のベッドに驚きながら、おっかなびっくり自分のスペースへ入ってみた。

狭いことは狭いが、一人なら充分快適な広さだ。

矢ノ上家の豪華な屋敷よりも、この狭さに妙に落ち着いている自分の貧乏性に、碧は苦笑する。

テレビを点ける気力もなく、横になる以外することがないので、碧は携帯電話の待ち受けにしている、軽井沢で撮った三人の写真を飽きることなく眺めた。

——宙……崇佑さん……。

今とても会いたい二人は、そばにいない。

切なさと不安、それに深い孤独と寂しさを抱え、碧は眠れない夜を過ごした。


翌朝カプセルホテルをチェックアウトすると、碧はまず荷物を駅のコインロッカーに預ける。

それからファストフード店やネットカフェなど、慣れない場所で時間を潰し、夕方のお迎えの時間が迫ってくると再び幼稚園へ向かう。

今は男の姿に戻っているし、あまり何度も幼稚園周りをうろついていると、不審者として通報されてしまうかもしれないと警戒し、朝行くのはやめておいたのだ。

なにより、今までの送り迎えの経験からいえば、先生達やお迎えの母親達も、朝より夕方の帰りの方がガードが甘いということもある。

バス停から幼稚園まで歩いていると、ふと路肩に停まっていた車が目に入った。

見ると、ナンバーからレンタカーだとわかる。

スモークフィルムが貼られているので、中に誰が乗っているのかは見えないが、近くに幼稚園以外なにもないこの場所で、まるで園を監視するかのごとく微動だにしない様子がなんだか妙に気になった。

なんとなく、その車を気にかけながらも、碧も近くの路地に身を隠すようにして幼稚園を窺う。

いつもの時間になり、次々とお迎えの車が到着するが、なぜか矢ノ上家の車はなかなかやってこない。

なにかあったのかと気を揉みながら、碧は次々と園児達のお迎えにやってくる車の列を見守った。

その間も例の車の様子を確認するが、車は一向に移動する気配がない。

碧のいやな予感が膨らみ始めた頃、既にお迎えラッシュが一段落した幼稚園前に、ようやく矢ノ上家の車が到着する。

運転席から慌てて降りてきたのは里奈で、そのまま園内へ駆け込んでいく。

幸いなことに、今日は美砂枝は同行していないようだ。

よし、今がチャンスだとじりじり接近しようとすると、それまでまったく動きのなかった例のレンタカーが、突然発進した。

車はなぜか一車線の道路をまるで塞ぐかのように横に停車され、中から長身の男性が一人降り立った。

ラフなシャツにジーンズ姿で、サングラスをかけている。

男性は物陰の碧に気づくことなく、一直線に幼稚園へ向かって走っていった。

男性が前を横切る瞬間、碧はその背格好をどこかで見たことがあるような気がした。

誰か、知り合いにでも似ているのだろうか？

それとも、どこかで会ったことがある人物なのだろうか？

必死に記憶を探っていくうちに、矢ノ上家に飾ってあった写真を思い出す。

――そうだ、真之さん……⁉

サングラスのせいで目元が見えず定かではないが、一瞬見た横顔の耳の形が崇佑にそっくりな気がした。

碧が逡巡しているうちに、男性はちょうど園内から宙の手を引いて出てきた里奈と鉢合わせた。

そして、有無を言わさぬうちに里奈から宙を奪い取り、軽々と小脇に抱える。

遠目にその光景を見た瞬間、碧は彼が宙を攫いに来たのだと確信した。

ほとんど無意識のうちに、道の真ん中に放置されている真之の車に駆け寄り、死角になる位置の後部座席のドアに手をかける。

幸い鍵はかかっておらず、乗り込んでドアを閉めると、碧は運転席から見えないように後部座席の床にべったりと貼りつく格好で寝そべった。

様子が見えないので息を詰め、聴覚だけを研ぎ澄ませていると、やがて真之が運転席のドアを開け、宙を抱えたまま慌ただしく乗り込んでくる。

「おじさん、ひょっとしてパパなの？」

困惑げな、宙の声が聞こえてくる。

「ああ、そうだよ。こんなことして、ごめんな、宙。もうこれしか手段がなかったんだ」

悲愴な声が聞こえ、真之が助手席に座らせた宙にシートベルトを締めさせている気配がした。

やがて車は急発進し、道路を一直線に走り始める。

息を殺し、様子を窺いながら、碧はこれからどうすればいいか迷った。

これだけのことをしでかしたのだ、真之は生半可な覚悟ではないだろう。

――とにかく里奈さんに連絡しないと……。

警察に通報されたら、大変なことになってしまう。

床に這《は》いつくばったままの格好で、碧は尻ポケットに入れていた携帯電話を取り出し、里奈にメールを打ち始めた。

とりあえず、宙を連れ出したのは真之で、自分もどさくさに紛れて同行しているので心配しないように伝える。

そしてなにより、まだ警察に届け出るのだけは待ってほしいと美砂枝に伝えてくれと書き、音を立てないようにメールを送信した。

これでは自分も宙を連れ出した共犯と思われるかもしれないが、仕方がない。

その時の碧は、宙の父親を犯罪者にしたくないという、ただその一心だった。

幸い、大それたことをしでかした真之は心に余裕がないのか、まったく後部座席を意識していないので、碧の存在は気づかれていなかった。

すると。

「こんなことして、パパがメッされない？」

ぽつりと、宙の声がする。

すると、真之が苦笑する気配がした。

「きっと叱られるな。でも後悔はしてない。パパと一緒に、来てくれるか？」

「……ぼく、碧ちゃんと崇ちゃんに会いたい」

でも、あのおやしきにはかえりたくないの、と宙は言った。

「だから、パパと碧ちゃんと崇ちゃんとならいっしょに行きたい」

その言葉に、碧は思わず涙が零れそうになる。

自分には一言も不満は漏らさなかったが、やはり宙にとっても、あの屋敷での生活はつらいものだったのだ。

「……そうか」

だが、真之はそれきり黙り込んでしまった。

崇佑からの再三のコンタクトを無視し、こんなことをしでかしてしまったのだから、今さら異母弟への連絡などできるわけがないと考えているのかもしれない。

「ごめんな、パパが駄目な人間だから、崇佑はきっとパパのことを許してくれないと思う」

「そんなことないよ、ごめんなさいすれば、きっとだいじょぶだよ。宙もいっしょにあやまってあげるから、ね？」

宙の言葉のあと、一拍の沈黙があり、嗚咽《おえつ》を堪える声が聞こえてくる。

「どうしてパパ、泣いてるの？」

「ごめんな、宙。こんな駄目なパパで……ごめんな」

とんでもない暴挙に及び、感情が高ぶっているのだろう。

男泣きに泣いている真之に、宙もどうしていいかわからないようで黙っている。

――どうしよう、いつ声をかければいいんだ？

興奮状態の真之を驚かせれば、事故を起こしてしまうかもしれないと思うと、タイミングは慎重に図らねばならない。

飛び出そうかどうしようか迷っているうちに、車の速度が一段と上がっていく。

どうやら、高速に乗ったようだ。

このまま、遠くまで逃げるつもりなのだろうか？

苦しい姿勢で息を殺しながら、碧は宙が妙に静かなことが気になった。

いきなり実の父親が現れ、見も知らぬ場所へ連れていかれようとしているのだから、不安になってもっと騒いでもいいはずだ。

すると真之もそう思ったのか、助手席の宙に声をかけている。

「宙、どうした？」

「ん……のどかわいた」

答える少年の声には、明らかに覇気が感じられない。

「わ、わかった、ちょっと待ってくれ」

真之が慌てて、一番近くにあったサービスエリアへ立ち寄る。

ここなら、いきなり姿を見せて真之を驚かせたとしても、事故にはならないだろう。

車がサービスエリア内にある駐車場に完全に停まったのを見計らってから、碧は後部座席の床から身を起こす。

「あの、勝手に車に乗ってすみません」

背後から慎重に声をかけると、真之は相当驚いたのか、片手でハンドルを握ったままフリーズしている。

「き、きみは誰だ……⁉」

「あ、碧ちゃん！」

碧に気づいた宙は、助手席から必死に手を伸ばしてくる。

が、シートベルトをつけているので、身動きができない。

唐突に現れた闖入者《ちんにゅうしゃ》に、あっけに取られている真之を尻目に、碧は急いで後部座席から降り、助手席のドアを開けてシートベルトを外してやった。

「碧ちゃん！」

「会いたかったよ、宙。いきなりいなくなって、ごめんな」

首に飛びついてくる少年の身体を、力いっぱい抱きしめる。

そして、予想通り少年の体温が少し高めなのに気づいて、その小さな額に手を当てる。

「またお熱出ちゃったかな。だるい？」

「ううん、でものどかわいた」

宙は昔から、こうして時折微熱を出すことがあるので、なんとなく碧にはその前兆がわかっていた。

「ね、熱があるのか⁉」

ところが、子ども慣れしていない真之の方は、それを聞いてほとんどパニック状態に陥っている。

「大丈夫です。すみませんが、スポーツドリンクを買ってきてもらえますか？」

「わかった！」

真之がサービスエリアに飛んでいったので、その間に碧は宙を後部座席のシートの上に寝かせた。

ハンカチで額の汗を拭ってやると、宙が小さな手で碧のシャツを摑む。

「もうどこへも行かないで……そばにいて、碧ちゃん」

心細げな声に、胸に熱いものが込み上げてくる。

「どこへも行かないよ。宙のそばにいるから」

きっぱりそう言い切ってやると、宙は「よかったぁ……」と熱で紅潮した頰を緩ませた。

「買ってきたぞ！」

すぐにペットボトルのスポーツドリンクを五本も抱えて戻ってきた真之に礼を言い、碧は一本開けて少しずつ宙に飲ませてやる。

宙の懐《なつ》き具合から言って、近しい間柄だと察しはつくようだが、真之はなにか聞きたげに碧をじっと見つめていた。

「話はあとにして、とりあえずどこか宙を休ませる場所はありますか？」

「あと少しで自宅に着く。すぐ出発しよう」

真之が言って、車を発進させる。

それから再び高速に乗り、しばらく走るとなんだか既視感のある景色が広がってきた。

——あれ、この辺って崇佑さんに連れていってもらった、軽井沢の別荘の近くだ。

そんなことを考えていると、真之が操る車は高速を下り、市街地を抜けて山の方へ向かっていた。

舗装されていない山道をしばらく登ると、人里離れた場所にログハウス風の建物が見えてくる。

すぐ近くに民家はなく、駐車場の裏手にはなぜか立派な窯《かま》のようなものがあった。

ぐったりした宙を真之が抱え、碧が渡された鍵で玄関を開けて中へ入る。

二階にある寝室に宙を運んで、普段真之が使っているらしいベッドに寝かせた。

熱で少し汗をかいているので、真之に頼んで濡れタオルを用意してもらい、宙の首筋や手足を拭《ふ》いてさっぱりさせてやる。

「なにか、使えるものはあるか？」

そう言って、真之が探してきたのは家庭用救急キットだった。

中に入っていた体温計で熱を測ってみると、三十七度三分だった。

再び水分を摂らせ、額に冷却シートを貼ってやると気持ちがいいらしく、宙がうとうとし始めたので、碧はそのまま真之を連れて寝室を出る。

「病院に連れていかなくて、大丈夫なのか？」

真之は、まだ不安そうだ。

「落ち着いてください。子どもが熱を出すのはよくあることなんです。これくらいの熱なら、少し様子を見て、大丈夫そうだったら暖かくして、ゆっくり休ませれば明日にはよくなりますよ」

「そうなのか……」

真之はようやくほっとした様子だったが、すぐ表情を曇らせた。

「そんなことも、なにも知らずに宙を強引に奪ってくるなんて……僕は本当に父親失格だな」

「真之さん……」

ここで碧はようやく、自分が瑞穂の弟であること、そして崇佑の助けを借りて今までナニーとして矢ノ上家で宙の世話をしていたが、男だとバレて追い出されてしまったことなどを真之に説明した。

「そうか、きみが瑞穂の弟か……言われてみると、目元がよく似ている」

一階のリビングに戻り、コーヒーを淹れながら、碧の顔立ちに今は亡き姉の面影を見出《みいだ》したのか、真之が少し遠い眼差しになる。

「瑞穂には、本当に申し訳ないことをしてしまった。いくら償っても、償いきれない……」

自分が両親に逆らいきれず、瑞穂と別れてしまったことを、真之は今でもひどく悔いているようで、その横顔には深い苦悩が刻まれていた。

真之が、それからぽつりぽつりと語ってくれたところによると、二人が別れることになった時、既に姉の胎内には宙が宿っていたらしい。

「瑞穂が島に帰る前に、何度も頼んでようやく宙を認知することだけは許してもらった。だが、その交換条件として、宙とも瑞穂とも二度と会わないと約束させられたんだ。何度も何度も、その約束を破って、島まで二人に会いに行こうとした。けれど、僕のためを思って身を引いてくれた瑞穂の気持ちを思うと、それもできずに……。結局、自分に嘘はつけなくて、母が決めた許嫁《いいなずけ》との婚約は破棄した。母はそれを許さず、次々別の見合いの話を持ってきたが、僕は独り身でいることを選んだ。その決断をもっと早くできていたら……瑞穂を島に帰らせることもなかったし、死なせることもなかったかもしれない。すべて、僕のせいなんだ……」

恐らく、その後悔が真之の心を蝕《むしば》み、徐々に彼を追い詰めていったのだろう。

両親との確執から逃れるために、彼は恵まれた暮らしや社会的地位などなにもかも捨て、出奔してしまったのだ。

――この人も、ずっと苦しんでいたんだな……。

確かに真之のしたことは褒められたことではないが、碧は内心ひそかに彼に同情していた。

「姉は……弟の俺から見ても、強い人でした。いくら聞いても宙の父親が誰なのか、絶対話さなかった。きっとあなたに迷惑をかけたくなかったんだと思います」

そう語りながら、碧は姉の笑顔を思い出す。

『好きな人の重荷になりたくなかったから、もうあの人には会わないって決めたの。私には宙がいてくれるんだもの、大丈夫！』

シングルマザーとして生きるのは並大抵の苦労ではなかったはずなのに、泣き言一つ漏らさない、そんな気丈な姉だったが、一度だけ泣いている姿を見たことがある。

なんとなく、別れた宙の父親を想っているのではないかと思った。

とても大事な人と出会い、恋をして、あらたな命が宿って。

順当にいけば、姉は愛する人との家庭を持つことができたのに、運命はしあわせな家族になれるはずの彼らを引き裂いたのだ。

誰が悪い、なにが悪いと言うことはできないのかもしれないが、碧はひどく切ない気分になった。

真之は、元々陶芸が趣味で玄人はだしの腕前だったらしく、海外移住した知人の陶芸家からこの別荘を借り受け、現在は身を隠すためにここでひっそりと生活しているとのことだった。

言われてみれば、ここはいかにも陶芸家が好む隠れ家《が》といった雰囲気だ。

裏庭に焼窯《やきがま》がある理由もようやくわかる。

「ここ、矢ノ上家の軽井沢の別荘と近いですよね」

「ああ、きみ達が遊びに来ていた時、実は崇佑からメールをもらって、こっそり宙を見に行ったんだ」

「そうだったんですか」

まるで気がつかなかったが、その時それがわかっていれば、こんな騒動にはならなかったのにと悔やまれる。

と、その時、玄関のインターフォンが鳴った。

疚《やま》しい気持ちがあるせいか、真之がびくりと反応する。

「まさか、警察だろうか……もうここがバレたのか⁉」

「大丈夫、里奈さんには通報しないように連絡してあります。俺が出ますから」

碧が立ち上がり、玄関へと向かう。

せわしなく鳴らし続けられるインターフォンは、訪問者の焦りを表していた。

ごくり、と唾を呑み、碧は思い切って玄関の鍵を開ける。

すると、そこに立っていたのは、なんと崇佑だった。

ふだんきちんとした彼らしくなく、ワイシャツのボタンが外れ、ネクタイが緩んでいる。

「崇佑さん⁉」

「碧……！　無事でよかった……！」

鬼気迫る形相だった崇佑は、碧を見るやいなや、凄《すさ》まじい力で抱きしめてきた。

荒い吐息と、熱い体温。

触れ合った肌から伝わってくる速い鼓動が、どれだけ彼がストレス状態に置かれていたのかを物語っている。

「宙は⁉　宙も無事なのか⁉」

「は、はい。少し熱があって、今は二階で眠ってます」

「そうか……」

二人の無事を確認し、崇佑は心底ほっとした様子だった。

「でも、どうして崇佑さんがここに……？　帰国は明日の予定じゃなかったんですか？」

「実は里奈さんから、きみが義母に追い出されたと連絡があってな。急遽予定を切り上げて帰国したんだ。空港に着いてからきみに連絡しようと思っていたら、今度は宙が攫われたとまた里奈さんが電話してきた」

崇佑の話によれば、碧からのメールを受け取った里奈は、真っ先にまず崇佑に知らせたらしい。

サングラスで顔を隠していたので断言はできなかったが、宙を攫ったのは真之だろうという碧の伝言を聞いた崇佑は、里奈にはこの件は美砂枝にも誰にも話さないように固く口止めし、帰国した自分が宙を連れて出かけたことにしたらしい。

「よかった……それじゃ、警察沙汰にはなってないんですね」

「ああ、里奈さんも突然追い出されたきみに同情していたぞ」

それを聞き、碧もほっとする。

美砂枝より先に崇佑に知らせてくれた里奈の配慮に、なんと感謝すればいいかわからなかった。

あとは、美砂枝が安全のために宙に持たせている子ども用ＧＰＳサービスを使い、位置確認をしながら追跡してきたらしい。

「あ……そういえば」

言われてようやく、碧はその存在を思い出す。

さきほどは突然の事態に動転し、まったく気づかなかった。

誘拐対策のためだと美砂枝が宙の幼稚園の鞄につけさせたのだが、毎日自分が一緒だから必要ないのになぁ、などと思ったことを反省する。

「兄さんはどこだ？」

崇佑が厳しい表情でそう尋ねた時、様子を窺いに来たのか、真之が玄関に姿を現す。

「そ、崇佑……」

兄を発見した途端、崇佑は「まずは一発殴らせろ！」と叫び、拳を振り上げた。

手加減なしの一撃を左頬にまともに食らい、真之はバランスを崩してその場にへたり込む。

「そ、崇佑さん！」

「なぜこんな、最悪の行動に出た⁉　碧の機転がなかったら、今頃犯罪者になっていたかもしれないんだぞ⁉　コトの重大さがわかっているのか⁉」

兄のためを思えばこそ、本気で怒っている崇佑は、ぐっと拳を握りしめ、怒りを堪えている様子だ。

「すまない……っ、本当にすまなかった……許してくれ！」

弟に殴られるまでもなく、もうとうにひどい罪悪感に打ちのめされていたのだろう。

真之は床に額を擦《こす》りつけるように頭を下げ、そのまま泣き崩れた。

そんな兄の姿に、ようやく怒りの矛《ほこ》を収めた崇佑は、乱暴に手を貸し、立ち上がらせる。

「とにかく、皆無事でよかった。落ち着いて話をしよう。兄さんには、言いたいことが山ほどあるからな。覚悟してくれ」

「……わかった」

半年雲隠れしていた真之は、観念した様子で頷き、しおしおと崇佑のあとに続いてリビングに向かう。

碧は、真之のために氷を用意し、腫れた左頬を冷やすように勧めた。

それから、兄弟水入らずで話したいだろうと思い、気を利かせて場を外す。

一人で二階へ戻り、寝室で目を覚ました宙に水分を摂らせたり、汗を拭いたりと世話をする。

しばらくして宙が再び寝入ったので、そっと部屋を出ようとすると、控えめなノックの音がして崇佑が顔を覗かせた。

「宙の具合はどうだ？」

「大丈夫、よく眠ってます」

「そうか、よかった」

小声で会話を交わし、崇佑が忍び足でそっとベッドサイドまでやってきた。

実際に眠っている宙を見て安心したのか、崇佑はいつもの穏やかな表情に戻っている。

それから二人は、宙を起こさないように寝室を出て、どちらからともなくテラスに向かった。

そして、先を歩いていた崇佑が、碧を振り返る。

「……さっきは、すまなかった」

「え、なにがですか？」

「その……いきなり抱きしめたりして」

一度告白を拒絶されたので、崇佑は無断で触れたことを気に病んでいるようだった。

言われてみればそうだった、と碧もわずかに赤くなる。

「きみの顔を見たらほっとして……思わず、ああしていた」

「崇佑さん……」

「だが、怒っていることもある」

と、崇佑は珍しく厳しい表情になる。

「里奈さんの話では、似ているとは思ったが本当に兄かどうか確信が持てなかったようだ。ましてきみは一度も兄に会ったことがないのに、なんて無茶をするんだ。もし万が一、兄じゃなくて本物の誘拐犯だったら、どんな危険があったかわからないんだぞ」

崇佑の言葉はもっともで、碧は俯く。

あの時はもう、とにかく無我夢中で、ほとんど無意識のうちに行動してしまったような気がする。

思い返してみれば、ずいぶんと危ないことをしたものだと、改めて背筋がぞっとした。

「心配させて、ごめんなさい……でも、あの場で宙が攫っていかれるのを見てるだけなんて、とてもできなかったんです。なにがあっても宙を守るって、仏壇の姉さんにいつも約束してるから……もし死ぬなら、宙と一緒にって覚悟してました」

「碧……」

その言葉に、崇佑は苦悩に満ちた表情で碧から視線を逸らす。

「私は……今まで、まだ本当の恐怖というものを知らなかったような気がする。だが、話を聞いて、きみと宙にもし万が一のことがあったらと想像しただけで、今までの人生で最大の恐怖を味わった。空港からレンタカーに飛び乗って、ここに辿り着くまでの間、ハンドルを握る両手が震えた。宙を攫ったのが、どうか他人ではなく兄であってほしいと、天に祈り続けていたよ」

こんな恐ろしい思いは、もう二度としたくない、と崇佑がしみじみと呟く。

「そして、痛感したんだ。人は本当に大切なものを得るとこうなるんだと」

「崇佑さん……」

「未練がましいと笑ってくれ。自分でも戸惑っているんだ。こんなに誰かを愛おしいと思ったのは、初めてだから」

義母との確執で、今まで家庭を持つことに不安があったのだと、崇佑はその真情を吐露してくれる。

幼い頃、実の母を失い、生《な》さぬ仲の義母から義務的な養育を受け、裕福な生活ではあっても充分な愛情を得られなかった、幼年期。

「生い立ちのせいか、無意識のうちに努めて感情を動かさない癖がついていたのが、きみ達と出会ってから感情の振り幅が大きくなって……少しは人間らしくなってきたのかもしれないな」

「崇佑さん……」

両親に愛されて育った碧には、彼が味わったその本当のつらさはわからないだけに、よけいにつらかった。

「真之さんとは話がついたんですか……？」

「ああ。無茶をしたことに関しては重々釘を刺しておいたよ。本人も反省している。私からの連絡を無視し続けてしまったから、今さら宙に会わせてほしいとは言い出せなかったらしい。私達が軽井沢の別荘に来ている時も、こっそり遠くから宙を眺めるために来ていたようだ」

「そうだったみたいですね……その時、気づけていればよかったんですけど」

あの時に真之と宙を会わせてあげられていれば、今頃こんなことにはなっていなかったはずだ。

「明日、宙と兄を連れて家に戻る。兄もようやく、私が付き添うなら、両親と決着をつける気になったようだ。私も、兄と一緒に宙を育てる手助けをするつもりだ」

「崇佑さん……」

「だから、宙と一緒に私のところへ来てはくれないだろうか。もちろん寝室には鍵をつけてくれてかまわないし、きみには指一本触れないと誓う。私を恋愛対象に見られないのはわかっているが、それでも私はきみのそばにいたい」

その言葉は嬉しかったが、それだけではいやだ、と碧は反射的に思った。

この感情に身を任せてしまって、いいのだろうか？

　そう自問自答したが、一人になってからずっと、宙と崇佑に会いたいと願い続けていたのが答えのような気がした。

「……指一本触れなくて、崇佑さんはそれでいいんですか？」

「……え？」

「俺は、いやです。そんなの」

　言うなり、碧は自ら彼の腕の中に飛び込んだ。

「碧……⁉」

　一度は自分を拒絶したはずの碧の、突然の行動に、崇佑はひどく戸惑っているようだ。

　だが、かまわず碧はそのがっしりとした広い胸に頬を埋めた。

　そしてやっぱり、自分はこの温《ぬく》もりをずっとずっと欲していたのだと痛感する。

　こんな大胆なことをしてしまうなんて、自分で自分が信じられない。

　心臓の鼓動が波打ち、幾分緊張しながら、碧はようやく自分の本心を打ち明ける。

「俺、自分の気持ちに嘘をついてました。姉さんと真之さんとのことがあったから、俺のせいで崇佑さんまで不幸にしてしまうんじゃないかって、それがなにより怖かった」

「碧……」

「けど……っ！　崇佑さんが香港に行ってしまって、その間に正体がバレて美砂枝さんに追い出される……宙と離れ離れにされて一人になったら、ものすごく不安だった。崇佑さんと宙、二人の大切な人を失って生きていけるのかって」

思わず衝動的に告白してしまってから、碧は急に我に返った。

かぁっと羞恥《しゅうち》が込み上げてきて、穴があったら入りたい気分だ。

「ご、ごめんなさい、俺、なんかわけわかんないこと言っちゃって……忘れてください！」

急いで身を離そうとするが、それより早く崇佑の力強い腕にそれを阻止されてしまう。

「今のは、私と同じ気持ちでいてくれると受け取っていいのか？」

「そ、それは……」

どう答えていいかわからず、困惑する碧の頬に片手を当て、崇佑はあやすようにそっと撫でてきた。

「聞かなかったことになんか、できない。きみの気持ちがノーでないなら、私はこのまま全速力で突っ走るぞ。いいな？」

「崇佑さん……」

もう碧に迷う隙《すき》を与えまいとするかのように、崇佑が性急に唇を求めてきて。

碧も思わず無我夢中でそれに応えていた。

「は……ん……っ」

角度を変え、何度も何度も互いを貪《むさぼ》り。

深い口付けを交わす。

生まれて初めての大人のキスに、恋愛経験値皆無の碧は、もうろくに膝に力が入らなくなってしまっていた。

長い長いキスからようやく解放されると、すっかり息が上がってしまった碧は、くったりと崇佑の腕に身を委《ゆだ》ね、支えてもらわないと立てなくなっていた。

そんな碧を抱きしめ、崇佑はその柔らかな髪に愛おしげに頰を擦り寄せる。

「明日、父と義母と決着をつけてくる。そうしたら、そのまま宙と一緒に私のマンションに移ってくれ。いいな？」

「……俺、男なのに、本当に……いいんですか？」

「男だとか女だとか、関係ない。私はきみがいいんだ」

崇佑の真摯な告白に、じんと胸が痺《しび》れる。

もはや否とは言わせぬ勢いに、碧もこくりと頷くことしかできない。

「はは……まいったな。嬉しくて手が震えている。こんなのは生まれて初めてだ」

照れ隠しに笑う崇佑の手は、言葉通り本当に少し震えていたので、彼がこんなにも緊張していたのだと知り、碧の胸は甘く締めつけられた。

俺なんかのことをそんなに好きでいてくれてありがとうと、心からお礼を言いたかった。

「崇佑さん……」

大好き、と思い切って小声で囁くと、崇佑はより一層強い力で抱きしめてくれた。


そして、翌日。

すっかり熱も下がり、食欲も旺盛なので、宙の体調はひとまず安心だった。

揃って朝食をすませた一行は、真之と崇佑のレンタカー二台で連れ立って出発し、一路東京へと向かった。

「宙様！　碧さんも無事でよかった……！」

彼らの顔を見るなり、出迎えに来てくれた里奈が涙ぐんでいる。

「今回の件は、里奈さんのお陰で大ごとにならずにすみました。本当になんとお礼を言っていいか。ありがとう、里奈さん」

心からの感謝を込め、碧が頭を下げると、崇佑と真之もそれに倣《なら》う。

するとそれを見ていた宙も、よくわからないまま三人の真似《まね》をしてぺこりとお辞儀をした。

それで少し雰囲気が和《なご》み、里奈が言う。

「旦那様と奥様がお待ちです。さぁ、どうぞ」

深刻な話になるだろうと里奈が宙を預かり、別室へ連れていってくれたので、三人でリビングへと向かう。

さぁ、いよいよだ。

碧も気合を入れ、腹に力を込めた。

リビングのソファーには両親が揃っていて、父の隆司は苦虫を噛み潰したような表情だ。

電話で、今回の一件は真之が起こしたことだと、既に説明してあるからだろう。

反面、美砂枝の方は行方不明だった真之が戻ったので、終始笑顔でそわそわと落ち着かない。

「まぁ、真之！　お帰りなさい。少し痩せたんじゃない？　ちゃんと食事は摂っていたの？」

「……母さん」

真之の方は明らかに居心地が悪そうなのだが、美砂枝は今まで碧が見たことがないくらいに上機嫌だ。

碧が同行していることに一瞬眉をひそめたが、それより真之が戻った嬉しさの方が勝ったようでなにも言わなかった。

だが、隆司の方は反面、いらいらと指先でソファーの肘掛けを叩いている。

「まったく、仕事もなにもかも放り出していきなり行方不明になったかと思ったら、今度は自分の子を強引に連れ去るなんて、いったいなにを考えているんだ、おまえは」

「幸い幼稚園での目撃者がいなかったからいいようなものの、もし誰かに見られていたら矢ノ上家の名に傷がつくところだったのよ？　素直にうちに戻ってくれれば宙と一緒に暮らせるのに、なぜあんな馬鹿なことをしたの？」

「今、どこでなにをしているんだ？　とにかく今すぐ戻ってきなさい」

「そうよ。ここはあなたの家なんですからね」

両親に交互に責められ、真之は項垂《うなだ》れた。

――真之さん、頑張って……！

長年両親の支配を受け続けてきた真之にとって、彼らの意向に逆らうことはとてつもなく難しいことなのだろう。

苦しみ続け、それでも叶わず、なにもかも捨てて出奔するしかなかったのだから。

だが、その試練を乗り越えなければ、宙を守ることはできない。

内心、ひそかにエールを送る碧だったが、真之は顔を上げることなく黙り込んだままだ。

気まずい沈黙が流れ、やむなく取り成すように崇佑が口を開く。

「まぁ、兄さんにも事情があるでしょうし、今後のことは追々ゆっくり話し合えばいいでしょう。それよりも宙のことなんですが、私はやはり宙が慕っている碧くんのそばにいるのが一番いいと思います」

すると、それを聞いた美砂枝がすかさず柳眉《りゅうび》を吊り上げる。

「まぁ、なにを言い出すのかと思えば。この人は真之の人生を台無しにした女の弟なんですよ？　それに女性のふりをして我が家に入り込むなんて！　いったい、なにを考えているかわかったものではないわ」

美砂枝が瑞穂のことに触れた瞬間、項垂れていた真之の手がびくりと反応した。

「それは、すべて宙のためを思ってしたことです。私が手を貸しました。すべての責任は私にあります。責めるなら私を責めてください」

と、崇佑は潔く頭を下げる。

だが、それでは美砂枝の腹の虫は到底収まらないらしい。

「あなたまでグルになって、いったいどういうつもりなの？　そう、わかったわ。私が真之ばかり可愛がるものだから、真之がいない隙に裏でこの家を乗っ取ろうと画策していたのね」

「義母さん……」

すっかり感情的になり、そうまくし立てる美砂枝に、崇佑が悲しげに眉をひそめる。

「いい加減にしないか、美砂枝。今は崇佑を責めても始まらん」

「ああ、そうですか！　悪いのはいつも私！　面倒なことは私に押しつけて、あなたは新しい愛人のところでのんびり暮らしてらっしゃるからいいでしょうけど、私には宙を矢ノ上家の後継者として立派に養育する義務があるんですよ？　あなたがなにもしてくださらないから……！」

「だから、今はそんな話をしてるわけじゃないだろう！」

と、今度は隆司と美砂枝が言い争いを始めてしまう。

どうしよう、と間に挟まれた碧がおろおろしていると、それまで黙り込んでいた真之が、いきなり叫んだ。

「父さんも母さんも、いい加減にしてくれよ……！」

「真之……？」

普段から大人しく、今まで一度も口答えしたことのなかった息子の怒鳴り声など初めて聞いたのか、隆司も美砂枝もぴたりと静かになる。

「昔から、いつもそうだ。なんでもかんでも矢ノ上家のためって僕の進路まで勝手に決めてしまうくせに、父さん達はそれぞれ勝手なことをして家族のことなんか少しも愛してない。僕が……すべて僕がいけなかったんだ。ちゃんと瑞穂のことを守ってやらなかったから……あの時彼女を諦めなければ、彼女は死なずにすんだ。宙も、母親を失わずにすんだんだ……！」

おそらくは何百回と繰り返してきた自責の念を抱え、真之は決意に満ちた眼差しを上げる。

「瑞穂への、せめてもの罪滅ぼしに、宙は僕が育てる。宙は僕の子だ。父さん達の好きにはさせない」

そして真之は初めて顔をちゃんと上げ、両親に向かって深々と頭を下げた。

「今までお世話になりました。僕は、この家を出ます。不肖の息子だと思い、お許しください。財産等の権利はすべて放棄するので、勘当してください」

「ま、真之……なにを言うの。そんな悪い冗談、やめてちょうだい。ほら、お父様も今ならまだ許してくださるから、一緒に謝りましょう？　ね？」

美砂枝は今度は宥《なだ》めすかしてくるが、真之は静かに首を横に振る。

「僕は謝らない。自由に生きることが悪いことだとは、思わないから」

それは、初めて真之が見せた明確な自分の意志だった。

しん、とその場が静まり返り、隆司が怒りで拳を震わせる。

「……勝手にしろ。あとで泣きついてきても、金輪際家の敷居は跨《また》がせんからな！」

気の短い父親が席を立ち、出ていってしまうと、動揺した美砂枝が真之に取り縋る。

「お父様に謝りなさい、真之！　お願い、謝って……！　あの人だってそう先は長くないわ。あと少しの我慢でこの家のすべてがあなたのものになるのよ⁉」

浅ましいほどの本音に、真之は眉をひそめて母親を見つめた。

「……もう全然父さんのことを愛してないのに、母さんが我慢し続けるのは、この家の財産のため？」

「真之……」

「母さん、ごめん。でも僕は……宙を僕みたいにしたくないんだよ」

その言葉は、美砂枝にとっては、なによりぐさりと胸に突き刺さるものだったのだろう。

それ以上の言葉を失い、ただ唇を震わせている。

「……あなた達に、私の気持ちなんかわかるはずがありません」

最後にそう呟き、美砂枝は気丈に顎を反らして立ち上がる。

だが、その瞳に涙が光っているのを碧は見てしまった。

この屋敷に来て、初めて目にする美砂枝の涙だった。

――美砂枝さんも、大変だったんだろうな。

美砂枝の立場からすれば、夫が外でつくった愛人の子を育てさせられるのは、内心相当に複雑な思いだったに違いない。

もし愛人の子が、自分の産んだ子を差し置いて矢ノ上家の後継者になってしまったら。

そんな不安と疑心暗鬼が美砂枝を追い詰め、崇佑につらく当たらせていたのかもしれない。

そんなことを考えていると、崇佑が無言で碧の肩を抱き寄せてきた。

ふと見上げると、崇佑もただじっとリビングをあとにする美砂枝の背中を見送っている。

聡明《そうめい》な崇佑はなにもかもわかっていて、既に美砂枝を許しているような、そんな気がした。

誰が悪いわけでもない。

ただほんの少し、ボタンをかけ違えてしまっただけ。

家族というのは、近しいからこそよけいに互いを傷つけ合ってしまうのかもしれない。

早くに家族を失った碧には、その本当の苦悩や切なさを体験することはできなかったが、どうかいつか彼らが理解し合い、また微笑み合える日が来ますようにと、心からそう願った。

両親が去り、取り残された真之と崇佑、それに碧は緊張が解け、ほっと顔を見合わせる。

「よく頑張ったな、兄さん」

「おまえが、助け船を出してくれたお陰だ。ありがとう、崇佑」

そんな兄弟のやりとりをそばで見守りながら、碧はいつかこの二人が両親と和解でき、今日のことを笑って話せる日が来ることを信じたかった。

◇　◇　◇

「すみません、この段ボール類はこちらでよろしいですか？」

「はい、お願いします」

依頼した引っ越し業者がてきぱきと荷物を運び入れ、あっという間に作業は完了する。

「ふぅ……こんなものかな」

「思ったよりも早く片付いたな」

真冬だというのに、久々の体力仕事ですっかり汗をかいてしまった崇佑と碧は、一息ついてぐるりと室内を見回した。

ここは、南麻布《みなみあざぶ》にある崇佑のマンション。

碧と宙は本格的にこちらに移り住むことになり、碧はいったん島に戻って残してきた荷物を送る手配をしたのだが、それでも大した量ではなく、引っ越しはあっさりとしたものだった。

「宙、宙のお部屋が完成したぞ。見てごらん」

さきほどから宙用にと空けてくれた部屋に籠もっていた崇佑が、ようやくお披露目とばかりに二人を呼ぶ。

「見せて見せて！」

待ちきれず、ずっと我慢していた宙が碧の手を引いて部屋に駆け込み、わぁ、と歓声を上げる。

日当たりのよい南向きの窓際には、宙が小学校に進学する時のために早々と宗佑が用意してくれた、立派な学習机が置かれている。

その傍らには、それとお揃いの木目調で統一された本棚や立派なベッドもあった。

壁紙もわざわざ貼り替えてくれたらしく、男の子らしい雰囲気に統一されている。

「わぁ、素敵なお部屋ですね」

「驚くのはまだ早いぞ。電気を消してくれ」

不思議に思いながら、言われるままに部屋の電気を消すと、崇佑がなにかの装置をセットする。

すると、部屋の天井には小さな星々が燦《きら》めき始めた。

どうやら小型のホーム用プラネタリウムらしい。

「お星さまだ！　すごいきれい！」

図鑑で星座を見るのが大好きな宙は、もう大喜びだ。

矢ノ上家での顚末《てんまつ》以降、崇佑は真之とよく話し合い、とりあえず当面の間、宙は崇佑が引き取ることになった。

真之の心と身体が安定し、無事社会復帰を果たせるまではそれが一番望ましいだろうと、当人も納得してくれた。

美砂枝は宙を名門私立の小学校に受験させる予定でいたが、三人はなにより宙の気持ちを最優先に考え、彼の進路を決めるつもりでいる。

矢ノ上家を出た以上、今までの家庭教師はもう断ったが、英語の勉強は楽しいらしいので、宙を幼児教室に通わせることを検討中だ。

碧はといえば、引っ越しのためいったん島へ帰郷、懐かしい仲間達が出迎えてくれたが、祖母の家をどうするかで迷っていた。

家は人が住んでいないと傷んでしまう。

かといって、手放すのも忍びがたい。

悩みながら、今後東京で宙の叔父と同居する旨を説明すると、源が『なら、俺が借りてやるよ。そろそろ一人暮らしして羽を伸ばしたかったんだ』と申し出てくれた。

源が住んで管理してくれるなら、こんなにありがたいことはない。

かくして、安心して家族の位牌《いはい》と写真を手に東京に戻ってきた碧だ。

引っ越しやさまざまな手続きをこなしているうちに、瞬く間に日々は過ぎていく。

「ふぅ……いい風」

少しだけベランダの窓を開けると、湯上がりの肌に夜風が心地好《よ》い。

濡れた洗い髪をタオルでごしごし拭いながら、パジャマ姿の碧は見事な東京の夜景に見入る。

――なんだか、こうなった今でもまだ夢を見てるみたいだ。

本当にこれから、大好きな崇佑と共にここで暮らせるのだろうか？

もしかしたらこれは都合のいい夢で、頬を抓《つね》ったら覚めてしまうかもしれない。

碧がそう思うのには、一応理由があった。

あのあと、崇佑はそのまま碧と宙を連れて矢ノ上家を出て、ここへ連れてきてくれた。

それから碧が引っ越しのために一度島に帰ったり、いろいろばたついて落ち着かなかったのは事実だが、今日の本格的な引っ越しまで一週間以上あったというのに、崇佑は指一本触れてこなかったのである。

毎晩、もしかしたら今日こそ崇佑が部屋に来るかもしれない、とドキドキしながらひそかに待っていた碧は、馬鹿みたいだと自己嫌悪に陥ってしまう。

――も、もしかして、やっぱり俺とそういうふうになるのがいやになっちゃった……のかな？

容姿に自信があるわけでもなし、これといって取り柄もない、そんな自分をよく知っているからこそ、またぞろ崇佑にはふさわしくないという思いがつい頭をもたげてくる。

思わずため息をついた時、

「濡れた髪のままで風に当たると、風邪をひくぞ」

ふいに背後から声をかけられ、碧は跳び上がるほどびっくりした。

「そ、崇佑さん」

慌てて振り返ると、どうやら碧の次にシャワーを浴びてきたガウン姿の崇佑が、碧を見かけていつのまにか背後に来ていたようだった。

「宙を寝かしつけてくれて、ありがとうございます」

「ここは屋敷じゃないんだ。もう敬語は使わなくていい」

「でも……俺はまだ崇佑さんのお世話になるから」

話し合った結果、宙もまだ手がかかるし、しばらく碧は専業主夫として家を守ることになったのだ。

働けない以上、生活費や光熱費は崇佑におんぶに抱っこになってしまうので、碧としては依然今までの雇用関係が続くような気がして、同居してもなかなか敬語が崩せなかった。

「そんなこと、考えなくていい。私達は家族になったんだから」

「……家族？」

碧は、思わず彼を見上げる。

祖母と姉と、宙と四人で、ようやく家族になれたと思った途端、二人を失ってしまった碧にとって、その言葉はなにより嬉しかった。

「私はとっくにそのつもりだったんだが、きみは違うのか？」

「嬉しいです。けど……」

崇佑さん、なにもしないから、と動揺した碧は思わず本音を呟いてしまう。

そして、うっかり口にしてしまってから、なんて恥ずかしいことを言ってしまったんだろうと耳まで赤くなった。

「す、すみません！　おかしなこと言って」

いたたまれず、その場を逃げ出そうとするが、それを崇佑に止められる。

すると彼は、恥じらう碧の両頬をその大きな手のひらで包み込むようにして、じっと瞳を合わせてきた。

「ほら、まただ。まずは敬語をやめて」

「……わかった」

こういうシチュエーションには慣れていなくて、碧がおずおずと上目遣いに彼を見上げると、崇佑はそっと優しいキスをくれた。

想いが通じ合って以来、初めてのキスで、碧は泣きたいくらい嬉しくなる。

そして、ああ、やっぱりこの人のことが好きだと痛感した。

「不安にさせてすまない。その……そういったことは、環境が落ち着いてからにした方がいいと思った。それに、不用意に手を出してきみに嫌われたくないという思いが強かったから、なかなか切り出せなかったのかもしれない」

「崇佑さん……」

「笑ってくれ。まるで初恋に右往左往する中学生みたいだな」

自嘲めいた言葉に、碧はぶんぶんと首を横に振る。

「そんなこと、ない。俺だってずっとドキドキしちゃって……こういうの初めてだから、どうしていいかわからなくて」

「……私が初めての相手で、いいのか？」

ためらいがちに問われ、碧は間髪いれず頷く。

「こう見えて、私はけっこう嫉妬《しっと》深い。こうなった以上、この先他の誰にもきみに指一本触れさせるつもりはない。このまま、きみの最後の相手にもなるつもりだが、そんな男でもいいか？」

「……いいに決まってるよ！」

それは、碧も望むことだったから、会心の笑顔で頷く。

「崇佑さん、大好き……っ」

「碧……私もだ。きみなしではもう、生きていかれないくらいだよ」

それが本当なら、嬉しい。

恋しい人の腕に抱きしめられながら、碧はしあわせを噛みしめる。

「本当は……ずっとこうしてきみに触れたかった。本気の恋は難しいな。嫌われるのが怖くて、年甲斐もなく臆病《おくびょう》になってしまう」

それが本当なら、こんなに嬉しいことはない。

碧はその彼の手に自分の手を添え、愛おしげに頬を擦り寄せる。

「俺も……ずっとこうしたかったよ、崇佑さん」

「碧……」

ぎこちなく互いの意志を確認し合ったところで、どちらからともなく顔を接近させていく。

あの夜以来、久しぶりの口付けは濃厚で、初めは遠慮がちだったのが、次第に夢中になり、互いを貪り始める。

「は……ん……っ」

碧も崇佑の首に両手を回し、彼の求愛に果敢に応えようとする。

「本当に……いいんだな？」

今さらな問いに、こくりと頷いた。

「よし」

すると、いきなり崇佑は碧の身体を軽々と抱き上げる。

「ひゃっ……！」

驚いて崇佑の首にしがみついてしまうと、彼は目近で微笑んだ。

「私の可愛い花嫁をベッドまで運ばせてくれ。大切な、二人の初めての夜だ」

「崇佑さんってば……」

恥ずかしさに顔を伏せているうちに、そのまま寝室まで運ばれ、崇佑のベッドの上にそっと横たえられた。

「電気、消して……恥ずかしいから」

「わかった」

私はよく見たいから残念だ、と嘯《うそぶ》きながら、崇佑は照明を絞ってくれた。

薄い闇に包まれた空間で、二人は改めて互いを求め合う。

こういう時、どうしていいかわからず、身を硬くしていると、「怖がらなくていい、大切にするから」と耳元で囁かれた。

「……うん」

その言葉に、少しだけ肩の力が抜けて楽になる。

崇佑の手がパジャマのボタンを外してきたので、碧も下から手を伸ばし、おずおずと彼のガウンを肩口から滑らせるように脱がせてやった。

生まれたままの姿に戻った二人は性急に抱き合い、その温もりと肌の感触を思う存分味わう。

ことに、ずっと欲しかったものがようやく得られ、その飢餓感が満たされていく。

そして、この高揚感。

互いに、もう夢中だった。

崇佑の大きな手のひらが、まるで大切な宝物を慈しむかのように碧の肌に触れてくる。

初めて他人に身体を触れられ、碧はびくびくと反応してしまう。

肌を重ね、ぴったりと胸板を重ねれば、心臓の鼓動が一つになる。

強く抱きしめられると、ああ、自分はずっとこの人にこうしてほしかったのだと改めて実感できた。

崇佑の方は今日までかなり我慢に我慢を重ねてきたらしく、もう碧の全身に口付ける勢いで唇を這わせてくる。

「ぁ……」

小さな胸の尖りを舌先で弄《いじ》られ、思わず声が漏れてしまい、碧は慌てて拳で口元を押さえた。

恥ずかしい。

でも、身体はもっともっとと崇佑の愛撫を求めてしまっている。

「俺……なんかもう駄目かも」

快感に慣れていない碧は、早くも音《ね》を上げてしまう。

なにより、崇佑にこうされているというだけで高ぶり、情けないことに今にも達してしまいそうなくらいだった。

「私もだ。こんなに余裕がないのは初めてだ」

崇佑も、性急に愛撫を施し、ためらいもなく碧の屹立に舌を這わせる。

「ひゃ……っ」

戸惑う暇すら与えられず、碧は生まれて初めて味わう壮絶な快感に翻弄《ほんろう》された。

「や……もう、だめ……っ」

すぐにイッてしまうから、と眦《まなじり》を潤ませて哀願するが、崇佑はそんなさまも可愛いと許してくれない。

「出していいぞ」

「で、でも……」

自分ばかりよくしてもらうのは抵抗があって、碧はいやいやと首を横に振る。

「そ、崇佑さんにも……気持ちよくなってほしい……っ」

恥ずかしかったが、思い切ってそう告げると、崇佑がふと顔を上げて微笑み、汗で濡れた碧の前髪をそっと掻《か》き上げてくれた。

「心配するな。これからじっくりきみを味わわせてもらうから」

「崇佑さん……」

「少しつらいかもしれないが、我慢してくれ」

薄暗闇の中で崇佑がベッドサイドのキャビネットからなにかを取り出し、ややあって今まで他人に触れられたことのない蕾にぬるりとした感触がある。

「ひゃ……！　な、なに……？」

「オリーブオイルだ。ジェルなど用意しておくことも考えたんだが、自然のものの方がいいかと思って」

本来キッチンにあるはずのそれが、寝室にあったことが気になり、碧が問う。

「もしかして、前から用意してたの？」

「……いつこうなってもいいようにと思って。下心満載ですまない」

真面目な崇佑らしい気遣いが、ひどく嬉しい。

「ん……っ」

オイルの助けを借りて、崇佑の指がゆっくりと狭い内へ入ってくる。

碧は、思わず息を詰めてしまいそうになるのを、必死に堪えてなるべく身体の力を抜くように努力した。

手で触れた崇佑自身は、想像以上に大きくて、熱くて。

果たしてこれが入るのだろうか、と不安になってくる。

だが、碧が怯えないよう細心の注意を払い、狭い蕾を慣らしてくれる崇佑に、恐怖心より愛情が勝った。

この人にならなにをされてもいいし、自分にできることなら、なんでもしてあげたいと思った。

「すまない……優しくできる自信がない」

耳元でそう囁く崇佑の声音も、切迫していて。

こんなに自分を欲しがってくれているのだと思うと、感動で胸が熱くなる。

「そんなの、いいから……っ」

早く、彼のものにしてほしい。

そんな願いと共に、下から唇を求めると、崇佑も碧の欲しいものをたっぷりと与えてくれた。

「ぁ……ん……っ」

何度も、何度も、何度も。

せわしなく余裕のない口付けを交わしながら、崇佑が慎重にゆっくりと入ってくる。

「は……ぁ……っ」

丹念に慣らされたお陰で、思っていたほどの苦痛はなかったが、それでもつい息を詰めてしまう。

「大丈夫か？」

「うん……思ってたより」

もっとひどくつらいと思っていたので、少し拍子抜けしてしまうくらいだ。

だが、それも崇佑が碧の身体を慮《おもんぱか》ってくれたからだろう。

「少し、動くぞ」

「ん……」

碧が落ち着くのを待ち、崇佑がゆっくりと律動を開始する。

「ふ……ぁ……」

彼がぐっと押し入ってくると圧迫感が増し、思わず声が漏れてしまう。

なにより、自分の内に最愛の人がいるという、今まで未知だった不思議な感覚に、ぞくりと肌が粟立《あわだ》つ。

今、自分は確かに彼に愛されている。

「碧……っ」

「崇佑さん……っ」

荒い吐息の下、激しく唇を貪られ、たとえようもない幸福にくらりと目眩がした。

もっともっと、欲しがって。

甘えるように小声でそうねだると、「大人を煽《あお》るな」とおしおきのように激しく奥まで暴かれた。

「は……ぁ……っ」

初めは重苦しい感覚だったのが、崇佑に突かれると、背筋を電流が走るような快感が来る箇所があることに気づく。

「な、なに、これ……?」

「ここか……?」

困惑しながら問うと、崇佑がすかさず同じ箇所を刺激してきた。

「や……それ、駄目……っ」

予想だにしていなかった、凄まじい悦楽に、わけがわからなくなり、碧はうわごとのように呟く。

「こんなに可愛い碧を見せられたら、もう私も我慢の限界だ」

崇佑がそう囁いてきて、立て続けにそこを抉《えぐ》られた。

今まで経験したことのない感覚に、目が眩み、息が詰まる。

「あ……ぁぁぁ……っ！」

長く、尾を引くような悲鳴を上げ、髪を振り乱し。

最愛の人と手に手を携え、碧は生まれて初めての絶頂へと導かれていった。


「大丈夫か？」

「ん……平気」

慣れない行為に疲れ果て、くったりとなってしまった碧の身体を、崇佑は温めた濡れタオルで丁寧に清めてくれた。

恥ずかしかったが、もう起き上がるのも大儀だったので、されるがままに任せてしまった碧だ。

おまけに崇佑は、脱がせたパジャマまで着せてくれて、自分もパジャマに着替える。

彼がすぐ身支度を整えたのは、万が一夜中に宙が起きてきた時のためだろう。

言わなくても、きちんとそうした対応を考えてくれている崇佑に、碧は心から感謝した。

「今夜は、ここで一緒に眠ってくれるか？」

「……うん」

ベッドの中で、どちらからともなく手を繋ぐ。

少しだけ甘えたくて、碧は崇佑の肩口に頬を擦り寄せた。

崇佑も、肩を抱き、腕枕をしてくれる。

なんとも表現し難い、しあわせなひとときだった。

「崇佑さん」

「ん……？」

「どうして……一度も、その……しないうちから、一生一緒にいてくれってプロポーズできたの？」

今までノーマルだったはずの崇佑が、同性の碧を生涯の伴侶と決めるには、相当な決断力が必要だったはずだ。

もし自分が彼の立場だとしたら、到底同じことはできないような気がした。

「そう改めて聞かれると困るな……もしかしたら、島で初めてきみに出会ったあの瞬間から、こうなることは決まっていたのかもしれない。自分でも驚くほど、なんの迷いもためらいもなかったんだ」

「崇佑さん……」

「父と義母の不仲を見て育ったせいか、きみと出会うまで、私は自分の家族を持つことを避けて生きてきた。永遠の愛なんて到底信じられない、なら最初からそんなものが得られるなんて期待しない方がいいと、ずっと思っていた。けれど……その考えは間違っていた。そう思っていたのは、今まで私が本当に大切なものの存在を知らずにいたからだ。つらくても悲しい思いをしても……たとえいつか失う可能性があったとしても、本当に大切な人に出会ったら、愛さずにはいられないんだと」

真剣にそう語ってから、照れくさくなったのか、崇佑はそっと碧の額に優しいキスをくれた。

「ありがとう、それに気づかせてくれたきみ達は私の天使だ」

「……こちらこそ、ありがと」

宙を抱え、肩肘張って生きてきた自分を守り、今日まで支え続けてくれたのは崇佑だ。

彼にはいくら感謝してもし足りなかった。

「今まで、たった一人で宙を育てることに夢中で、自分のことは二の次だったんだろう？　だが、もう私がいる。宙が小学生になればもっと楽になるだろうし、これからは自分の人生を考えるんだ。専門学校に行ってなにか技術を身につけてもいいいし、大学を受験してもいい。きみのやりたいこと、好きなことをしてくれると、私も嬉しい」

「崇佑さん……」

知らなかった。

彼がそこまで自分のことを考えてくれていたなんて。

言われてみれば、姉と祖母を亡くして以来、たった一人で宙を育てるのに精一杯で、自分のことなど考える余裕もなかった。

今まで他人を頼ることはほとんどなかった碧だが、彼には甘えてしまってもいいのだろうか、と戸惑う。

「ほんとは俺、進学して栄養士になりたかったんだ。でもそうするには島を出なくちゃいけなくて……」

宙と暮らすようになって、姉がいつも身体にいいものを食べさせたいと努力している様を見守っていたせいだろうか。

ひそかに栄養学に興味を持った碧だったが、当時、身体の弱い祖母を一人残して上京することができず、さらに金銭的な余裕もなかったため、碧は結局大学進学は断念し、島で就職する道を選んだ。

高校でも碧は成績がよかったので、担任はひどく残念がってくれたものだ。

「やりたいことがあるなら、今からでも遅くはない。大学を受験し直して資格を取るといい。私もできる限り協力する」

「ほんとに、いいの……？」

「もちろんだ。私達はもう家族なんだから」

いつも自分と宙にとって最善を考えてくれる恋人に、碧もこれ以上の遠慮はやめることにした。

「そしたら、学費は出世払いで、時間はかかるかもしれないけど、必ず返すから」

「碧、きみのそうした真面目なところは美点だが、いらぬ心配だ。家族が今夜のおかずにと買って食べた鮭《さけ》の切り身の代金を一切れずつ出し合うのはおかしいだろう？」

崇佑の比喩が面白くて、なんとなく笑ってしまう。

すると崇佑は瞳を眇《すが》め、大きな手のひらで碧の頬に触れてきた。

「そうだ。きみはそうやって、いつも笑っていてくれ。それが私にとってのしあわせだ」

「崇佑さん……」

「もう一つ、受け取ってほしいものがある」

そう言うと、崇佑はベッドから起き上がり、いったん寝室から出ていく。

なんだろう、と思いながら待っていると、崇佑は小さなケースを手に戻ってきた。

「これも……なかなかきっかけがなくて渡せなかった」

ひどく照れながら崇佑がそのケースを開けてみせると、中には二つ並んだ指輪が入っていた。

シンプルなデザインのプラチナリングで、それはどう見ても結婚指輪だ。

「崇佑さん、これ……」

まさか、と思いつつ彼を見上げると、崇佑は小さい方の指輪を手に取り、そっと碧の左手を取る。

「私からの気持ちだ。受け取ってほしい」

「……はい」

嬉しくて、少し声が震えてしまったが、碧ははっきりと頷く。

すると崇佑もほっとした様子で、碧の左手の薬指にその指輪を嵌めてくれた。

なので、碧もお返しに崇佑の指にも同じようにして嵌めてやる。

どちらからともなく手を繋ぐと、二人の左手にはきらりとお揃いの指輪が光った。

「誓いの口付けを交わしても？」

「……もちろん」

そして互いに見つめ合った二人は、ごく自然に誓いのキスを交わす。

たとえようもない幸福感で、碧は胸が詰まった。

「嬉しい……一生大事にするね」

碧がそう言うと、崇佑も「私も、きみ達を一生大事にすると誓う」と真顔で返す。

この人の、こういうところがとても好きだ。

なので碧は、「ふつつか者ですが、末永くよろしくお願いします」と最愛の人の耳元でそう囁いたのだった。

◇　◇　◇

「宙、そろそろパパが迎えに来る時間だぞ。ちゃんとお出かけの支度できたのか？」

忙しく宙の着替えを鞄に詰め込みながら、碧が声を張り上げる。

「うん、できた！」

すると、子ども部屋からリュックを背負った宙が飛び出してくる。

今年、小学校に入学した宙は六歳になり、背もぐんと伸びた。

本人の希望で、宙は今まで通っていた私立幼稚園の系列ではない、区立の小学校に入学した。

近所に同世代の子どもが多く、すぐに友達も増えて毎日楽しくやっているようだ。

この調子では、本当にあっという間に成長してしまうのだろうなと思うと、嬉しくもあり、寂しくもある複雑な心境の碧である。

一方、碧はといえば、猛勉強の末無事受験に合格して大学生となり、管理栄養士の資格を取るため、現在主夫と学生の二足のわらじを履いて奮闘中だ。

「ほんと？　どれ、見せて。ちゃんと夏休みの宿題も持った？」

と、碧は最終チェックを兼ねて、宙のリュックの中身を確認する。

「よし！　そしたら碧ちゃんに、いいお顔見せて」

髪を手で梳いてお気に入りの帽子をかぶせてやると、宙はにっこり極上の笑顔を見せてくれた。

その笑顔を見ると、ますます少年を行かせたくなくて碧は泣きそうになってしまう。

「ほんとに、一週間も大丈夫？」

小学生になって、初めての夏休み。

宙はこれから、父親である真之のところで一週間過ごす予定になっているのだ。

今までも何度も真之の家に泊まりに行ったことはあるが、宙一人だけでこんなに長い期間は初めてだ。

「だ～いじょぶだよ。たまにはパパとあそんであげないとね」

と、宙は小さな肩をそびやかし、どっちが大人かわからないようなことを言う。

「なにかあったら、すぐ電話するんだよ？　碧ちゃんが飛んでいくからね」

「うん、わかった」

すると、玄関の方から崇佑の声が聞こえてくる。

「宙、パパが来たぞ」

「は～い！」

久しぶりに父親に会えるのが嬉しいのか、宙は玄関まで飛んでいって、真之に抱き上げられている。

現在、真之は軽井沢に借りた自宅で陶芸に打ち込み、作品もぼちぼち売れているという。

矢ノ上家から解放され、自由になった彼は晴れ晴れとして、とてもしあわせそうだ。

窯の都合があって今日のお迎えは夕方になってしまったが、明日から真之の友人達が近くの山に集合して、皆で子連れキャンプを楽しむらしい。

宙も初めてのキャンプを楽しみにしていた。

「じゃね、いってきまぁす！」

こうして、迎えに来た真之の車に乗り込み、宙はあっさりと行ってしまった。

「あ〜あ……行っちゃった……」

マンション前まで見送りに出た碧は、思わずため息をつく。

もう少し寂しがってほしい、などと思ってしまうのは我が儘だろうか。

碧も大学が夏休みに入ったので、いっそのことついていってしまおうかとも思ったのだが、そうすると崇佑を一人で残すことになってしまうので諦めたのだ。

なにより、宙と父親の二人だけの時間を邪魔してはいけないかなという思いもあった。

でも、本音は寂しい。

宙が行ってしまって、しゅんとした碧を慰めるように、部屋へ戻ると崇佑が冷蔵庫からビールを取り出す。

「たまには付き合わないか？」

「……まだ夕方だよ？」

「いい気晴らしになるぞ」

「……飲む！」

この寂しさが紛らわせるのなら、とアルコールに弱いくせについ同意してしまった碧だ。


あんな気まずい別れ方をしたが、それでも崇佑と碧は、時折宙を連れて矢ノ上邸へ顔を出すようにしていた。

初めはかたくなだった美砂枝達だったが、のびのび自由に暮らせるようになった宙は屈託なく祖父母に甘えたので、その無邪気さに根負けしたのか、最近ではいつ来るのかと向こうから連絡をよこすようになった。

孫の可愛さは、すべてのわだかまりを帳消しにするパワーがあるらしい。

最近、宙は「碧ちゃんは、崇ちゃんのおよめさんになったの？」などと鋭い質問を投げかけてくる。

幼児の観察眼は、意外に侮れないのかもしれない。

「お、お嫁さんっていうよりは……そうだな、これからの人生をずっと一緒に、仲良く生きていく人って感じかな?」

「ふぅん」

宙は、そんな碧の苦し紛れの説明に、納得したようなしないような、微妙な返事をした。

そして、

「なら、ぼくもずっと碧ちゃんと崇ちゃんといっしょにいる! いいでしょ?」

と言ってにっこりする。

「宙……!」

ああ、もううちの子はなんて可愛いんだろう!

「当たり前じゃないか。ずっとずっと一緒だよ、宙」

叔父馬鹿炸裂《さくれつ》の碧は、小さな宙の身体をぎゅっと抱きしめた。


「……なぁんて、話をこないだ宙としたんだけどさ。でもさ、もう少し大きくなったら、すぐ彼女とか連れてくるようになって、あっという間に『この人と結婚する!』とか言って家を出てっちゃうんだろうなって思うと、もう切なくて悲しくて」

ダン、とテーブルにビールのグラスを置き、碧は涙目でちぃん、と鼻をかんだ。

アルコールに弱い碧は、少しだけと崇佑に勧められたビールで、早くも酔いが回ってしまったようだ。

「一週間、宙がいないのが寂しいんだな」

「……宙のためには我慢しなきゃって、わかってるよ。本当の父親は真之さんなんだしね」

頭でわかってはいても、それを実践するのは難しい。

いい加減宙離れしなければとは思うのだが、寂しい気持ちはどうにもならなかった。

すると、ソファーの隣に座っていた崇佑が、ぽんぽんと自分の膝を叩いてみせる。

「おいで」

「……」

そこはなにより碧の居心地のよい場所だったので、誘われるままに崇佑の膝に乗る。

そして、ええい、酔いに任せて甘えてしまえとばかりに、彼のがっしりとした肩口に頭をもたせかけた。

「崇佑さん……寂しいよぉ……」

「よしよし、そうだな。私も寂しい」

むずかる子をあやすように、崇佑が碧の身体を抱きしめ、少し揺すってくれる。

その感触が心地好くて、碧はうっとり目を閉じた。

「でも、将来宙が兄と一緒に暮らしたいと言ったら、その時は宙の気持ちを尊重してあげなきゃな」

「……うん、わかってる」

「碧には、ずっと私がそばにいる。決して一人にはしないから」

突然の事故で祖母と姉を同時に亡くし、家族に縁の薄かった碧の気持ちを慮ってくれているのが伝わってきて、じわりと胸が熱くなる。

「……うん、ありがと」

この人を好きになって、本当によかった。

いつもそう思っているが、改めて嬉しくなる瞬間だ。

すると、大きな手で碧の髪を撫でていた崇佑が、ぼそりと呟く。

「……なぁ、明日からの一泊なら、なんとか休みが取れそうなんだが、うちの別荘に行くか？」

「……え？」

ご存じの通り、矢ノ上家の別荘と現在真之が暮らしている家は近い。

碧は思わず、顔を上げて崇佑を見上げる。

「キャンプ場の場所も、兄から聞き出してある。遠くから、こっそり様子を見るだけなら問題ないだろう」

「行く行く！」

「会わずに見るだけだ。いいな？」

「うんうん、わかってる！」

二つ返事で頷いた碧は、今めそめそしていたのがもう笑っている。

現金な恋人の笑顔に、崇佑が苦笑した。

「子離れできない、ダメ親だな、私達は」

「いいじゃん。親バカ上等だよ！」

もちろん、躾をしなければならない時はけじめをつけるが、普段は祖母と姉の分まで、宙には溢れるほどの愛情を注いでやりたい。

「よし、明日は朝早く出発だ。支度しないとな」

そんな碧の思いを察したのか、崇佑は優しく言ってその額にキスをくれる。

「やった！　崇佑さん、大好き」

どさくさに紛れ、想いを伝えると、碧もお返しに彼の頬にキスを返したのだった。

あとがき

こんにちは、真船《まふね》です。

早いもので、クロスノベルスさんでの花嫁シリーズも六冊目になりました。

しかしなぜ、こうも私は花嫁物が好きなのか（謎）

今作は、初のちびっこ登場です。

もうもう、緒田《おだ》さんの描いてくださった宙《そら》がめっちゃ可愛くて！

こんな天使に甘えられたら、そりゃ碧《あお》も叔父バカになりますよね（笑）

特に、表紙の三人のファミリー感がとても好きです。

お忙しいところ、素敵なイラストを描いてくださった緒田涼歌《りょうか》様。

いつもながらイメージぴったりな碧に崇佑《そうすけ》、宙を本当にありがとうございました！

ところで私事で恐縮ですが、デビュー二十周年を迎えることができました。

今までなんとか業界の隅で細々とやってこられたのも、支えてくださった皆様のお陰です。

本当にこの感謝の思いは言葉では言い尽くせないほどなのですが、この場をお借りして今までお世話になった関係者の方々、そして拙著を読んでくださった皆様に心より御礼申し上げます。
これからもまだまだ頑張って書き続けていくつもりですので、なにとぞよろしくお願いいたします！

真船るのあ

CROSS NOVELS既刊好評発売中

契約から始まった、あまふわ新婚生活♡

契約花嫁は甘くときめく

真船るのあ

Illust　緒田涼歌

とある事情でお金が必要になった結唯斗が見つけたのは、なんと「女装花嫁」の求人!?　うっかり合格してしまった結唯斗に与えられた仕事は、御曹司・顕宗との期間限定の新婚生活シミュレーションだった。モテすぎて女性が苦手な顕宗だが、結唯斗には「きみが可愛すぎるのがいけない」と甘い言葉でからかってくる。それは、うぶな結唯斗にはドキドキな毎日で。やがて契約終了の期限が迫った時、ふいに顕宗が真剣な表情でくちづけてきて……!?

不器用系セレブ×純真契約花嫁のあまふわロマンス♡

CROSS NOVELSをお買い上げいただき
ありがとうございます。
この本を読んだご意見・ご感想をお寄せください。
〒110-8625
東京都台東区東上野2-8-7　笠倉出版社
CROSS NOVELS 編集部
「真船るのあ先生」係／「緒田涼歌先生」係

CROSS NOVELS

花嫁は秘密のナニー

著者

真船るのあ

2016年1月22日　初版発行　検印廃止

発行者　笠倉伸夫
発行所　株式会社　笠倉出版社
〒110-8625　東京都台東区東上野2-8-7　笠倉ビル
[営業]TEL　0120-984-164
FAX　03-4355-1109
[編集]TEL　03-4355-1103
FAX　03-5846-3493
http://www.kasakura.co.jp/
振替口座　00130-9-75686
印刷　株式会社　光邦
装丁　磯部亜希
ISBN　978-4-7730-8818-2
Printed in Japan

CROSS NOVELS